L'eau qui dort

Rosamunde Pilcher

L'eau qui dort

FRANCE LOISIRS
123, boulevard de Grenelle, Paris

Titre original : *Slepping Tiger*.
Traduit par Henri Walter.

Une édition du Club France Loisirs, Paris,
réalisée avec l'autorisation des Presses de la Cité.

ISBN : 2-7441-1298-4.

1

La robe de mariée était d'un blanc crème, aux légers reflets roses, qui évoquaient l'intérieur d'un coquillage. Confectionnée dans une soie très raide et très fine, elle balayait le tapis rouge à la suite de Selina. Lorsque la jeune femme se retourna, le bas de la robe n'ayant pas suivi son mouvement, elle eut l'impression d'être enveloppée dans un écrin rigide et précieux.

Mme Stebbings s'écria, de sa voix maniérée et haut perchée :

– Oh, vraiment, vous ne pouviez choisir plus joli modèle ! Elle tombe parfaitement. (Elle prononçait : « Elle tooombe. ») Et maintenant, que pensez-vous de la longueur ?

– Je ne sais pas... Qu'en dites-vous ?

– La raccourcir un peu, peut-être... Madame Bellows ?

Mme Bellows se tenait dans un coin, attendant qu'on eût besoin de ses services. Elle s'avança immédiatement. Si Mme Stebbings arborait une élégante robe en crêpe drapée, Mme Bellows, en revanche, était vêtue d'une modeste blouse en nylon noir et ses chaussures ressemblaient à de vieux chaussons d'intérieur. Une pelote en velours fixée à son poignet par un élastique, elle s'agenouilla pour placer des épingles le long de l'ourlet. Selina observait l'opération dans le miroir. Elle n'était pas sûre d'être d'accord avec Mme Stebbings quant au tooombé d'une robe qui la faisait paraître beaucoup trop mince (pourtant, elle n'avait plus maigri ces derniers temps !) et dont les tons chauds ne faisaient que souligner la pâleur de son teint. Son rouge à lèvres s'était effacé et l'on voyait trop ses oreilles. Elle tenta d'ébouriffer ses cheveux pour les cacher, mais elle ne parvint qu'à faire glisser la petite couronne de satin que Mme Stebbings avait fixée sur sa tête. Quand elle leva le bras pour la remettre en place, elle bouleversa l'agencement de la jupe et Mme Bellows soupira entre ses dents serrées, comme si quelque terrible catastrophe était sur le point d'advenir.

– Pardon, dit Selina.

Mme Stebbings esquissa un sourire qui signifiait que cela n'avait pas d'importance.

– Et quand aura lieu la cérémonie ? demanda-t-elle sur le ton de la conversation.

– Nous avons pensé à... dans un mois, je crois.

– Ce sera un grand mariage... ?

– Non.

– Bien sûr, où avais-je la tête ?... compte tenu des circonstances...

– Je ne voulais pas vraiment d'une robe de mariée classique. Mais Rodney... M. Ackland... (Elle hésita, puis dit enfin :) Mon fiancé...

Le sourire de Mme Stebbings se fit de plus en plus mielleux.

– Il pensait qu'il le fallait, poursuivit Selina. Il m'a dit que ma grand-mère aurait voulu que je me marie en blanc...

– Bien sûr qu'elle l'aurait voulu. Comme il a raison ! Et j'ai toujours pensé qu'un mariage simple, tout à fait intime, avec la mariée en blanc, eh bien, ça ne manque pas d'un certain charme non plus. Pas de demoiselles d'honneur ?

Selina fit non de la tête.

– Charmant. Juste vous deux. C'est terminé, madame Bellows ? Bon. Est-ce que ça vous plaît ? Faites un pas ou deux. (Selina obéit docilement.) C'est mieux, maintenant. Il ne faut pas que vous risquiez de trébucher.

– J'ai l'impression de flotter... elle est un peu trop large à la taille, fit Selina en se tortillant à l'intérieur du taffetas froufroutant.

– Je crois plutôt que vous avez maigri, dit Mme Stebbings en pinçant les bords du tissu pour l'ajuster.

– Je vais essayer de reprendre du poids avant le mariage.

– Je doute que vous y parveniez. Il vaudrait mieux faire une petite retouche, pour plus de sécurité.

Mme Bellows se remit péniblement debout et plaça quelques épingles à hauteur de la taille. Selina se retourna et fit encore quelques pas. On la débarrassa enfin de la robe, que l'on fit glisser, avec infiniment de délicatesse, par-dessus sa tête et que l'on déposa sur les bras tendus de Mme Bellows.

– Quand sera-t-elle prête ? demanda Selina en enfilant son pull-over.

– Dans deux semaines, je pense, répondit Mme Stebbings. Et vous êtes-vous décidée pour la petite couronne ?

– Oui, je vais la prendre. C'est simple et sans prétention.

– Je vous la ferai parvenir quelques jours à l'avance pour que vous puissiez la montrer à votre coiffeur. Ce serait ravissant d'avoir vos cheveux peignés en arrière, et, à travers la couronne...

– Oui, l'interrompit faiblement Selina en attrapant sa jupe.

Elle était obsédée par ses oreilles qu'elle trouvait affreuses, trop grandes et décollées.

– Et vous n'oublierez pas les chaussures, mademoiselle Bruce ?

– Non. J'en achèterai une paire de blanches. Merci infiniment, madame Stebbings.

– Il n'y a pas de quoi.

Mme Stebbings s'était emparée de la veste de tailleur de Selina et elle l'aida à la passer. Elle remarqua que Selina portait le collier de sa grand-mère, deux rangs de perles retenus par un fermoir en saphir et diamant. Elle remarqua aussi la bague de fiançailles, un énorme saphir en forme d'étoile serti de diamants et de perles. Elle mourait d'envie de faire un commentaire, mais elle préféra s'abstenir, afin de ne pas paraître curieuse ni vulgaire. Au contraire, gardant un silence des plus convenables, elle observa Selina qui prenait ses gants et elle écarta le rideau du salon d'essayage pour la laisser passer.

– Au revoir, mademoiselle Bruce. Ce fut un vrai plaisir.

– Merci. Au revoir, madame Stebbings.

Elle descendit par l'ascenseur, traversa divers rayons et sortit enfin dans la rue par une porte à tambour. Elle frissonna. Cette journée de mars lui parut fraîche, après l'atmosphère surchauffée du grand magasin. Tout là-haut, le ciel était bleu, tacheté de nuages blancs qui filaient et, alors que Selina s'avançait sur le bord du trottoir pour faire signe à un taxi, une soudaine bourrasque de vent la décoiffa, releva sa jupe et lui souffla de la poussière dans les yeux.

– Où j'vous dépose ? demanda le chauffeur, un jeune homme avec une casquette de sport à carreaux, qu'on aurait volontiers imaginé occupant ses loisirs à entraîner des lévriers de course.

– Au *Bradley*, s'il vous plaît.

– C'est parti !

Le taxi sentait le désinfectant, avec un relent de cigare froid. Selina ôta la poussière de son œil et abaissa la vitre. Les jonquilles étaient en fleur dans Hyde Park et elle aperçut une fillette qui montait un cheval brun. Les arbres étaient couronnés de verdure et leurs feuilles n'avaient pas encore été ternies par la suie et la saleté de la ville. Ce n'était pas une journée faite pour Londres. C'était un jour à être à la campagne, à grimper en haut d'une colline ou à courir vers la mer. Il était midi. Dans les rues la circulation était intense et sur les trottoirs se bousculaient des hordes d'hommes d'affaires, de femmes faisant du lèche-vitrine, de secrétaires sorties pour déjeuner, sans compter les beatniks, les Indiens et les amoureux qui riaient au vent, les mains enlacées. Une femme vendait des violettes disposées dans une voiture à bras au coin d'un trottoir, et même le vieux clochard qui faisait les cent pas, en sandwich entre deux panneaux publicitaires, arborait gaillardement une jonquille au revers de son pardessus élimé.

Le taxi s'engagea dans Bradley Street et s'arrêta devant l'hôtel. Le portier s'approcha, ouvrit la porte et aida Selina à sortir. Il la connaissait depuis longtemps et il avait connu sa grand-mère, la vieille Mme Bruce. Selina venait souvent déjeuner au *Bradley* avec elle depuis qu'elle était toute petite. Maintenant que Mme Bruce était morte, Selina venait seule, mais le portier ne l'avait pas oubliée et l'appelait par son nom.

– Bonjour, mademoiselle Bruce.

– Bonjour.

Elle ouvrit son sac pour chercher de la monnaie.

– Belle journée, n'est-ce pas, mademoiselle ?

– Mais ce vent est effrayant ! (Elle paya sa course, remercia le chauffeur et se dirigea vers la porte.) Est-ce que M. Ackland est déjà arrivé ?

– Oui, il y a environ cinq minutes.

– Oh, c'est ennuyeux, je suis en retard.

– Cela ne fait pas de mal aux hommes de patienter un peu.

Il ouvrit la porte pour laisser passer Selina, qui se laissa aussitôt absorber par l'atmosphère cossue et chaleureuse de l'hôtel. Elle aimait ce délicat mélange d'odeurs de cigare frais, de nourriture raffinée, de fleurs fraîchement coupées et de parfums de luxe. Des petits groupes de gens élégants étaient rassemblés dans les salons et Selina se sentit mal à l'aise, avec ses vêtements en désordre et ses cheveux décoiffés par le vent. Elle se dirigeait vers les toilettes quand un homme, qui était assis seul au bar, se leva en la voyant et s'approcha d'elle. Il était grand et d'un physique agréable. On lui aurait donné trente-cinq ans environ et il portait l'uniforme des hommes d'affaires : costume gris sombre, chemise à rayures claires et cravate discrète aux couleurs d'un régiment. Son visage sans rides aux traits réguliers était auréolé de cheveux bruns, épais et brillants, tout juste assez longs sur la nuque pour effleurer le col immaculé de sa chemise. La chaîne en or qui retenait sa montre de gousset brillait sur son gilet de bonne coupe et ses boutons de manchettes, tout comme sa montre, étaient, eux aussi, en or. Il ressemblait à ce qu'il était : un homme efficace, distingué, ayant de bonnes manières, et une légère tendance à l'ostentation.

– Selina ! s'exclama-t-il.

Selina se retourna et l'aperçut.

– Oh, Rodney...

Elle hésita. Il l'embrassa.

– Tu es en retard, dit-il.

– Je sais. Je suis navrée. Il y avait des embouteillages.

Le regard qu'il lui lança, bien qu'aimable, exprimait clairement qu'il avait remarqué son allure négligée. Elle était sur le point d'ajouter : « Il faut que j'aille me remaquiller », lorsque Rodney constata : « Tu devrais aller te remaquiller. » Elle en aurait hurlé... Elle hésita une seconde, se demandant si elle allait lui expliquer que c'était précisément ce qu'elle s'apprêtait à faire lorsqu'il l'avait interrompue, mais il lui apparut que cela n'en valait pas la peine. Au lieu de quoi, elle lui sourit. Rodney lui rendit son sourire et elle s'éclipsa un instant. Ils donnaient l'image d'un couple en parfaite harmonie.

Quand elle revint, maquillée, ses cheveux blonds tirant sur le roux soigneusement coiffés, il était assis à l'attendre sur un petit sofa de forme arrondie, recouvert de satin. Sur la table basse devant lui, était posé son Martini à côté du verre de porto blanc qu'il commandait toujours pour Selina. Elle s'assit auprès de lui.

– Chérie, lança-t-il, avant que nous parlions d'autre chose, je dois te dire que notre après-midi est compromis. Un client vient me voir, vers deux heures, un type assez important. Tu ne m'en veux pas, j'espère ? Nous irons demain.

Ils avaient prévu d'aller visiter le nouvel appartement que Rodney avait loué et dans lequel ils avaient l'intention de s'installer après le mariage. Tous les travaux de peinture, de plomberie et d'électricité étaient terminés. Il ne leur restait plus qu'à prendre quelques mesures avant de choisir les tapis et les rideaux et à s'entendre sur les gammes de coloris.

Selina lui répondit que, bien sûr, elle ne lui en voulait aucunement. Y aller demain lui convenait tout autant qu'aujourd'hui. En fait, elle était secrètement reconnaissante de ce délai de grâce qui repoussait de vingt-quatre heures le choix éminemment épineux de la couleur du tapis du salon et l'étude des mérites comparés du chintz et du velours.

Rodney sourit de nouveau, satisfait de la réponse de la jeune femme. Il lui prit la main et fit légèrement pivoter sa bague de fiançailles jusqu'à ce que le saphir se trouve bien au centre de son doigt effilé.

– Et qu'as-tu fait, ce matin ? demanda-t-il.

A une question aussi directe, Selina n'avait qu'une réponse terriblement romantique à sa disposition :

– Je suis allée choisir ma robe de mariée.

– Chérie ! (Il semblait ravi.) Où as-tu été ?

Elle lui expliqua, un peu gênée, qu'elle avait choisi d'aller dans un grand magasin.

– Je sais que cela ne doit guère paraître original, mais Mme Stebbings... elle dirige le rayon des robes sur mesure et c'est là que ma grand-mère allait toujours... Enfin, j'ai pensé qu'il valait mieux que je m'adresse à quelqu'un que je connais. Autrement, j'aurais probablement fait une gaffe effroyable et choisi n'importe quoi.

– Et pourquoi aurais-tu fait cela ?

– Oh, tu sais combien je suis sans défense dans les boutiques. On peut me faire acheter n'importe quoi.

– A quoi ressemble la robe ?

– Eh bien, elle est blanche, une sorte de blanc légèrement crème, avec une touche de rose. Je ne saurais pas la décrire...

– Des manches longues ?

– Oh, oui.

– Et est-elle longue ou courte ?

Longue ou courte ! Selina écarquilla les yeux.

– Longue ou courte ? Mais elle est longue, bien

entendu ! Oh, Rodney, comment peux-tu supposer que j'en aurais choisi une courte ? Je n'y aurais même jamais pensé. D'ailleurs, j'ignore où l'on peut trouver ce genre de robe.

– Chérie, n'aie pas l'air si contrariée.

– Peut-être aurais-je dû en prendre une courte, en effet. Nous faisons un mariage dans la plus stricte intimité et... je vais être ridicule dans une robe longue, non ?

– Tu peux la changer.

– Non, je ne peux pas. On a déjà fait les retouches.

– Eh bien dans ce cas (Rodney se voulait rassurant), cela n'a pas d'importance.

– Tu ne crois pas que j'aurai l'air d'une idiote ?

– Bien sûr que non.

– Elle est très jolie. Vraiment.

– J'en suis persuadé. Et maintenant, j'ai une bonne nouvelle pour toi. J'ai parlé à M. Arthurstone et il est d'accord pour te mener à l'autel, le jour de la cérémonie.

– Oh !

M. Arthurstone était le patron direct de Rodney, un vieux célibataire, du genre imposant. Il souffrait d'arthrose aux genoux et l'idée de remonter la nef de l'église à son bras – en le soutenant plutôt qu'en étant soutenue par lui – n'avait rien d'enthousiasmant.

– Chérie, j'aimerais que tu aies l'air un peu plus heureuse, poursuivit Rodney, les sourcils relevés.

– Oh, mais je le suis. C'est si gentil à lui d'avoir accepté... Mais, sincèrement, faut-il vraiment que quelqu'un m'accompagne ainsi ? Ne pouvons-nous pas nous rendre simplement à l'église tous les deux et remonter la nef au bras l'un de l'autre.

– Cela ne se fait pas.

– Mais je connais à peine M. Arthurstone.

– Bien sûr que tu le connais. Il s'est occupé des affaires de ta grand-mère pendant des années.

– Mais ce n'est pas la même chose.

– Tu n'auras qu'à remonter la nef à son bras. Il faut que quelqu'un te conduise jusqu'à l'autel.

– Je ne vois pas pourquoi.

– Chérie, c'est ainsi que les choses se font. Il n'y a pas d'autre possibilité. Et tu le sais.

Bien sûr, Selina savait cela. Pas de père, pas de grand-père, pas d'oncle, pas de frère. Personne. Seulement M. Arthurstone.

Elle soupira profondément.

– Je suppose que tu as raison.

Rodney caressa de nouveau le dos de sa main.

– Voilà, je retrouve ma petite fille. Maintenant, j'ai une surprise pour toi. Un cadeau.

– Un cadeau ?

Elle était intriguée. Etait-ce possible que Rodney, lui aussi, ait été touché par la gaieté printanière de cette belle journée de mars ? Avait-il été attiré, alors qu'il se rendait au *Bradley* pour déjeuner avec Selina, par le charme de quelque boutique et lui avait-il acheté une de ces choses frivoles et inutiles qui mettrait un peu de poésie dans sa journée ?

– Vraiment, Rodney ? Où est-il ? Montre-le-moi !

(Dans sa poche ? Les cadeaux de valeur tiennent souvent dans de petites boîtes.)

Rodney fouilla derrière lui et lui présenta un paquet enveloppé dans le papier cadeau d'une librairie et qui ne pouvait contenir qu'un livre.

– Tiens, fit-il.

Selina essaya de ne pas laisser deviner sa déception. C'était un livre. Elle espérait qu'au moins il serait drôle.

– Oh, un livre !

Il était lourd et l'espoir qu'il puisse la faire rire s'évanouit aussitôt. Ce devait être un ouvrage instructif, fait pour stimuler la réflexion et éclairer l'esprit sur les divers problèmes sociaux du moment. Ou peut-être était-ce un livre de voyages relatant dans leurs moindres détails les coutumes exotiques de quelque tribu d'Afrique centrale. Rodney faisait de formidables efforts pour enrichir l'esprit de Selina dont la préférence marquée pour les magazines et les romans policiers l'affligeait profondément.

Et c'était la même chose dans les autres domaines culturels. Selina aimait le théâtre, mais elle ne parvenait pas à apprécier de passer quatre heures à regarder des pièces qu'elle jugeait plus ennuyeuses les unes que les autres. Et son amour de la musique n'allait pas jusqu'à supporter d'écouter un violoniste qui, au bout de deux heures, lui laissait invariablement l'impression de s'être agacé les dents à mordiller dans une pomme acide.

– Tu sais, fit Rodney, j'ai lu moi-même ce livre et j'ai été tellement impressionné que j'ai voulu en acheter un exemplaire spécialement pour toi.

– Comme c'est gentil, dit-elle en soupesant le paquet. Quel en est le sujet ?

– Une île en Méditerranée.

– Ce doit être passionnant.

– C'est un récit autobiographique, en quelque sorte. L'auteur est venu s'installer sur cette île, il y a six ou sept ans. Il s'est aménagé une maison et s'est beaucoup intéressé aux gens du cru. Ses commentaires sur la façon de vivre des Espagnols m'ont frappé par leur caractère remarquablement juste et nuancé. Tu l'aimeras, Selina.

– Oui, j'en suis sûre, dit Selina avant de reposer le paquet auprès d'elle sur le sofa. Merci beaucoup, Rodney, de me l'avoir acheté.

Sitôt après avoir déjeuné, ils quittèrent l'hôtel. Ils se dirent au revoir sur le trottoir, Rodney, son chapeau melon légèrement ramené en avant, et Selina, son cadeau sous le bras et ses cheveux de nouveau ébouriffés par le vent.

– Que vas-tu faire cet après-midi ?

– Oh, je ne sais pas.

– Pourquoi ne pas aller te balader du côté de *Woollands* ? Tu pourrais commencer à réfléchir à la question des rideaux. Tu n'as qu'à prendre des échantillons et nous les regarderons demain après-midi quand nous serons dans l'appartement.

– Oui. (Cela semblait une proposition judicieuse.) C'est une bonne idée.

Il lui sourit d'un air encourageant. Selina répondit à son sourire.

– Eh bien, dit-il, au revoir donc.

Il ne l'embrassa pas, car dans la rue, cela ne se faisait pas.

– Au revoir, Rodney. Merci pour le déjeuner... et pour le cadeau, pensa-t-elle à ajouter.

Il fit un petit geste de la main qui voulait indiquer

qu'il était inutile de le remercier pour l'un comme pour l'autre. Puis, dans un dernier sourire, il tourna les talons et s'éloigna de Selina, usant de son parapluie comme d'une canne et se faufilant avec vivacité – c'était le fruit d'une longue pratique – entre les groupes de passants qui encombraient le trottoir. Elle patienta, attendant plus ou moins qu'il se retourne pour lui faire un dernier signe, mais il ne le fit pas.

Selina, de nouveau seule, se mit à soupirer. Il faisait plus chaud maintenant. Tous les nuages avaient été chassés par le vent et elle ne pouvait pas supporter l'idée de se retrouver assise dans une boutique mal aérée à tenter de choisir un modèle de rideau pour le salon. Elle s'avança sans but le long de Piccadilly, traversa la rue au péril de sa vie et pénétra dans Hyde Park. Les arbres n'avaient jamais été aussi beaux et une herbe nouvelle, drue et verte repoussait, remplaçant les méchantes touffes brunes et détrempées de l'hiver. Quand elle marcha sur l'herbe, elle ressentit une impression de fraîcheur, comme si elle foulait une pelouse en été. Il y avait des tapis de crocus jaunes et violets et, sous les arbres, des chaises étaient disposées deux par deux.

Elle en choisit une sur laquelle elle s'installa, les jambes allongées devant elle et la tête renversée en arrière pour faire face au soleil. Son visage commença bientôt à picoter sous l'effet de la chaleur. Elle se leva un instant pour quitter la veste de son tailleur et remonta les manches de son pull-over. Je peux tout à fait attendre demain matin pour aller chez *Woollands*, songea-t-elle.

Une fillette passa sur un tricycle, suivie de son père marchant derrière elle et d'un petit chien frétillant. Elle portait des collants rouges sous une robe bleue et un ruban noir dans ses cheveux. Le père paraissait assez jeune dans son col roulé et sa veste en tweed. Quand la petite fille arrêta son tricycle et courut dans l'herbe pour aller respirer le parfum des crocus, il ne fit aucun geste pour l'arrêter, se contentant de l'observer tout en retenant le tricycle. Il sourit au spectacle de la petite fille penchée sur les fleurs et qui dévoilait ses collants rouges jusqu'à la taille.

– Elles ne sentent rien, dit la fillette.

– J'aurais pu te le dire, répliqua son père.

– Et pourquoi ne sentent-elles rien ?

– Je n'en ai pas la moindre idée.

– Je croyais que toutes les fleurs avaient un parfum.

– La plupart, en effet. Allons, viens, maintenant.

– Je peux les cueillir ?

– Il ne vaut mieux pas.

– Pourquoi ?

– Les gardiens du parc l'interdisent.

– Pourquoi ?

– C'est le règlement.

– Pourquoi ?

– Eh bien, les autres gens ont aussi le droit de les admirer. Viens, maintenant.

La fillette obéit, remonta sur son vélo et pédala vigoureusement le long de l'allée en pente, son père derrière elle.

Selina avait assisté à cette petite scène, déchirée entre le plaisir et la mélancolie. Toute sa vie, elle n'avait été qu'une spectatrice de la vie et des conversations des autres : des autres familles, des autres enfants, des autres parents. Les relations qu'ils entretenaient, leurs attitudes, leurs conflits, la plongeaient dans des méditations sans fin. Quand elle était enfant, et qu'Agnès, sa nurse, l'emmenait au parc, elle se tenait toujours timidement à l'écart des jeux des autres gamins, mourant d'envie d'être invitée, mais trop timide pour en faire la demande. Et elle n'était pas invitée souvent. Ses vêtements étaient toujours trop impeccables et Agnès, assise à tricoter sur un banc proche, n'avait pas l'air très engageant. Sitôt que Selina semblait vouloir se mêler à un groupe d'enfants que la vieille Mme Bruce aurait qualifiés de « peu convenables », Agnès enroulait sa pelote de laine, y fichait ses aiguilles, et annonçait qu'il était l'heure de rentrer à Queen's Gate.

Là, c'était un véritable gynécée, un petit monde uniquement féminin régenté par Mme Bruce. Agnès, qui avait été jadis sa femme de chambre, Mme Hopkins, la cuisinière, et Selina étaient ses très obéissants sujets. On voyait rarement un homme s'aventurer dans la maison, hormis M. Arthurstone, l'avocat de la grand-mère, ou, plus récemment, Rodney Ackland qui représentait M. Arthurstone. Mais lorsque l'un d'entre eux s'y risquait, que ce soit pour réparer la tuyauterie, faire un peu de peinture ou relever les compteurs, on retrouvait invariablement Selina en sa compagnie, lui posant toutes sortes de questions personnelles. Était-il marié ? Comment s'appelaient ses enfants ? Où allaient-ils en vacances ? C'était l'une des rares choses qui mettaient Agnès en colère.

– Que penses-tu que dirait ta grand-mère si elle te surprenait à distraire monsieur de son travail ?

– Je ne le distrais pas, répondait-elle d'un ton buté.

– Mais pourquoi as-tu donc besoin de parler à tous les messieurs qui rentrent à la maison ?

Elle ne pouvait pas répondre, ne saisissant pas ce qu'il y avait de mal là-dedans. Et elle comprenait encore moins pourquoi personne ne lui parlait de son père. Son nom n'était jamais mentionné. Selina ne savait même pas comment il s'était appelé. Mme Bruce était sa grand-mère maternelle et Selina portait son nom.

Un jour, prise d'une bouffée de rage, elle avait carrément demandé :

– Je veux savoir où est mon père. Je dois bien en avoir un tout de même ! Tout le monde en a un.

Froidement, mais sans élever la voix, sa grand-mère avait alors répondu qu'il était mort.

– Tu veux dire qu'il est monté au ciel ? conclut Selina qui allait régulièrement au catéchisme, le dimanche.

Mme Bruce avait tiré d'un coup sec sur un nœud particulièrement rebelle dans son écheveau de laine à tapisserie. L'idée qu'un tel homme puisse voleter en compagnie des anges lui paraissait difficile à accepter, mais ses préceptes religieux lui commandaient de ne pas décevoir la petite fille.

– Oui, dit-elle.

– Qu'est-ce qu'il lui est arrivé ?

– Il a été tué à la guerre.

– Comment... tué ? Comment a-t-il été tué ? Elle n'imaginait rien de plus horrible que d'être écrasé par un autobus.

– Nous ne l'avons jamais su, Selina. Nous ne pouvons rien te dire, malheureusement. Maintenant...

(Mme Bruce regarda sa montre avec un air qui indiquait que la conversation était close.)... va dire à Agnès que c'est l'heure de ta promenade.

Agnès, pressée de questions, se montra plus coopérative.

– Agnès, mon père est mort, n'est-ce pas ?

– Oui, fit Agnès, c'est la vérité.

– Il est mort depuis combien de temps ?

– Depuis la guerre. Depuis mille neuf cent quarante-cinq.

– Est-ce qu'il m'a connue ?

– Non. Il est mort avant ta naissance.

Ce fut une nouvelle déception.

– Et toi, l'as-tu connu ?

– Oui, répondit Agnès à contrecœur. Quand il s'est fiancé avec ta mère.

– Comment s'appelait-il ?

– Non, ça, je ne peux pas te le dire. Je l'ai promis à ta grand-mère. Elle ne veut pas que tu saches.

– Bon... Était-il gentil ? Était-il beau ? De quelle couleur étaient ses cheveux ? Quel âge avait-il ? L'aimais-tu ?

Agnès, qui ne manquait pas elle-même de solides principes, répondit à l'une des seules questions auxquelles elle pouvait apporter une réponse sans ambiguïté.

– Il était très beau. Maintenant, je crois que c'est assez. Dépêche-toi, Selina, et ne traîne pas les pieds comme ça, tu vas abîmer les bouts de tes chaussures neuves.

– J'aimerais tellement avoir un père, murmura Selina.

Plus tard dans l'après-midi, elle passa plus d'une demi-heure à regarder un père et son fils faire voguer leur modèle réduit de yacht sur le Grand Lac. Elle ne cessait de s'approcher d'eux, dans l'espoir de surprendre leur conversation.

Elle avait quinze ans quand elle découvrit la photographie. C'était un de ces mercredis humides et déprimants qui sont la spécialité de Londres, un de ces jours où l'on ne trouve rien à faire. Agnès avait pris son jour de congé et Mme Hopkins était assise, ses jambes déformées par l'arthrite reposant sur un tabouret, immergée dans la lecture d'un magazine. Grand-mère avait organisé une partie de bridge et l'on percevait le murmure de voix assourdies et le parfum de cigarettes de luxe à travers les portes closes du salon. Selina, qui traînait son ennui à travers la maison, pénétra dans la chambre d'amis, regarda par la fenêtre et prit des poses de vedette de cinéma devant le miroir à trois faces. Elle était sur le point de sortir quand elle remarqua les livres rangés sur une petite étagère entre les deux lits. Peut-être y trouverait-elle un livre qu'elle n'avait pas encore lu. C'est avec cette idée en tête qu'elle s'agenouilla entre les lits, laissant son doigt glisser sur les titres des ouvrages.

Il s'arrêta sur *Rebecca.* C'était une ancienne édition à couverture jaune qui datait de la guerre. Elle sortit le livre et l'ouvrit. Une photographie tomba d'entre les pages aux minuscules caractères. C'était la photographie d'un homme. Selina la ramassa et l'examina : des cheveux très bruns, une fossette au menton, des sourcils à la ligne irrégulière et des yeux noirs que la joie faisait briller, malgré la pose conventionnelle du visage. C'était un soldat à l'uniforme élégant, avec, sur le côté, le reflet luisant d'une décoration.

Il y avait dans ce portrait quelque chose qui éveilla délicieusement ses soupçons. Dans le visage ironique de cet homme brun, on pouvait déceler certains traits qui rappelaient ceux de Selina. La jeune fille alla se poster devant le miroir, tenant la photographie près de son visage et s'évertuant à découvrir de possibles ressemblances dans l'implantation des cheveux, la forme du menton, le regard... Le résultat fut décevant. L'homme était très beau, alors que Selina se trouvait commune, et, fidèle à son obsession, elle nota qu'il n'avait pas ces horribles oreilles décollées qu'elle détestait tant.

Elle retourna la photographie. On pouvait y lire au dos :

A Harriet, ma chérie,
de la part de G.

Suivaient deux croix pour les baisers.

Harriet était le prénom de sa mère et Selina sut alors qu'elle tenait la photographie de son père entre les doigts.

Elle ne fit part à personne de sa découverte. Elle remit l'exemplaire de *Rebecca* sur l'étagère et emporta la photographie dans sa chambre. Depuis, elle la gardait toujours avec elle, enveloppée dans du papier de soie pour éviter qu'elle ne s'abîme ou se ternisse. Elle eut alors le sentiment d'avoir enfin trouvé ses racines, aussi ténues soient-elles... mais cela ne suffisait pas à combler son attente, et elle continuait d'écouter les conversations des autres...

Une voix d'enfant interrompit son rêve. Selina s'était endormie au soleil. Maintenant réveillée, elle prit conscience du grondement continu de la circulation sur Piccadilly, des coups de klaxon et de la voix perçante d'un bébé qui faisait ses gammes dans son landau. La petite fille sur son tricycle et son père avaient disparu depuis longtemps. D'autres promeneurs avaient pris leur place et un couple d'amoureux était allongé, enlacé dans un complet abandon à quelques pas de l'endroit où Selina était assise.

La chaise en bois commençait d'être inconfortable. Selina changea légèrement de position et le paquet que Rodney lui avait donné glissa de ses genoux et tomba dans l'herbe. Elle se baissa pour le ramasser puis l'ouvrit machinalement. La jaquette du livre était d'un blanc brillant avec le titre imprimé en rouge :

FIESTA A CALA FUERTE

L'auteur en était un certain George Dyer. Le livre paraissait particulièrement indigeste et Selina le feuilleta vaguement avant de le refermer, comme si elle avait déjà fini de le lire, puis elle le reposa à l'envers sur ses genoux.

Elle fut saisie comme on peut l'être parfois à la lecture d'un nom dans un journal. C'était une photographie d'amateur, agrandie pour occuper tout le dos de la jaquette. George Dyer. Il portait une chemise blanche au col ouvert et sa peau, par contraste, paraissait aussi tannée que du cuir. Bien que jeune, son visage était marqué de rides, sur le front, au coin des yeux, le long du nez jusqu'à la bouche.

Mais ce n'en était pas moins le même visage. Il n'avait pas changé au point d'être méconnaissable. La fossette était toujours là et Selina reconnut cette même lueur dans les yeux, comme si l'homme venait d'échanger avec le photographe quelque plaisanterie scabreuse.

George Dyer. L'auteur. L'homme qui vivait dans une île en Méditerranée et qui parlait de ses habitants avec tant de talent et de passion, c'était donc lui. George Dyer. Selina attrapa son sac, sortit la photographie de son père et, les mains tremblantes, la posa contre le dos de la jaquette.

George Dyer. Et il avait publié un livre. Et il était vivant.

2

Elle prit un taxi pour rentrer à Queen's Gate, gravit les escaliers au pas de course et fit irruption dans l'appartement en appelant Agnès à tue-tête.

– Je suis ici, dans la cuisine, répondit Agnès.

Elle préparait le thé. Quand Selina apparut dans l'embrasure de la porte de la cuisine, Agnès, qui versait de l'eau bouillante dans la théière, releva la tête. C'était une femme menue, sans âge, et son expression un peu revêche n'était qu'une carapace contre les tragédies de la vie. Elle avait en effet le cœur le plus tendre du monde : c'est à peine si elle supportait d'entendre le récit de malheurs ou de détresses qu'elle ne fut pas en mesure de soulager. « Ces pauvres Algériens », disait-elle par exemple en mettant son chapeau pour sortir poster un mandat qui dépasserait probablement ses moyens financiers. Lors d'une grande campagne contre la faim dans le monde, elle s'était privée de déjeuner sept jours durant, ce qui lui avait occasionné fatigue et problèmes gastriques.

Le bail de l'appartement de Queen's Gate avait déjà été dénoncé. Lorsque Rodney et Selina seraient mariés et emménageraient dans leur nouvel appartement, Agnès les suivrait. Il avait fallu du temps pour lui faire accepter cette solution. Elle avait d'abord pensé que Selina ne voudrait pas de cette vieille Agnès fourrée dans ses jambes... Elle commençait une nouvelle vie et devait s'entourer de gens nouveaux... Selina était parvenue à convaincre Agnès que rien n'était plus faux. « Bon, peut-être, mais M. Ackland », avait objecté Agnès... Pour lui, ce serait comme si sa belle-mère venait vivre chez lui ! Rodney, à qui Selina avait fait la leçon, parvint à la persuader du contraire. Ensuite, Agnès expliqua qu'elle ne se ferait jamais à l'idée de déménager, qu'elle était trop vieille pour bouger. Alors, ils l'emmenèrent visiter le nouvel appartement et elle fut, comme prévu, charmée par sa clarté et son confort, par cette grande cuisine américaine inondée de soleil et ce petit salon qui serait le sien, avec vue sur le parc et un poste de télévision pour elle toute seule. Et puis, le temps viendrait où elle retrouverait son rôle de nurse, avec une nouvelle génération de bébés à choyer. Cette idée ne manqua pas de raviver tous ses instincts maternels latents.

– Tu rentres tôt, dit-elle. Je croyais que tu devais aller prendre des mesures à l'appartement.

Selina se tenait toujours dans l'embrasure de la porte, les joues roses d'avoir couru, ses yeux bleus brillant comme du verre.

– Quelque chose ne va pas, chérie ? demanda Agnès en fronçant les sourcils.

Selina s'avança d'un pas et déposa le livre sur la table, juste devant Agnès.

– As-tu déjà vu cet homme ? demanda-t-elle en fixant la femme droit dans les yeux.

Agnès, inquiète, abaissa doucement son regard sur le livre. Sa réaction fut celle attendue. Elle émit un petit hoquet de surprise, fit tomber la cuiller et s'effondra sur une chaise. Selina, qui ne pouvait espérer attitude plus éloquente, se pencha au-dessus de la table.

– Le connais-tu, Agnès ?

– Oh, dit Agnès. Oh, quelle peur tu m'as faite.

Selina fut sans pitié.

– Tu l'as déjà vu, n'est-ce pas ?

– Oh, Selina... Où as-tu... Comment as-tu su... Depuis quand...

Elle était incapable de formuler une question ou de terminer une phrase. Selina tira une chaise et s'assit à son tour, en face d'Agnès, de l'autre côté de la table.

– C'est mon père, n'est-ce pas ? (Agnès avait l'air d'être sur le point de pleurer.) Est-ce bien son nom ? George Dyer ? Était-ce le nom de mon père ?

Agnès commençait à se ressaisir.

– Non, répondit-elle. Ce n'était pas son nom.

Selina parut ébranlée par cette rebuffade.

– Alors, quel était-il ?

– C'était Gerry... Dawson.

– Gerry Dawson. G.D. Les mêmes initiales. Le même visage. George Dyer est un pseudonyme. C'est évident, c'est son nom de plume.

– Mais, Selina... ton père a été tué.

– Quand ?

– Juste après le débarquement en France.

– Comment savons-nous qu'il a été tué ? Y a-t-il eu

des témoins ? Est-il mort dans les bras de quelqu'un ? Avons-nous des preuves qu'il est vraiment mort ?

Agnès se passa la langue sur les lèvres.

– On ne l'a pas retrouvé et il a été porté disparu.

L'espoir revint.

– Donc, pas de preuves.

– Nous avons attendu trois ans et il a été déclaré mort. On l'a fait savoir à ta grand-mère, parce que Harriet... ta mère, enfin, tu sais cela. Elle est morte quand tu es née.

– Est-ce que mon père avait de la famille ?

– Pas à notre connaissance. C'était l'une des choses qui déplaisaient à ta grand-mère. Elle disait qu'il n'avait aucune attache. Harriet l'a rencontré lors d'une soirée. Les présentations ne se sont pas faites officiellement, comme ta grand-mère l'aurait souhaité.

– Mais par le ciel, Agnès, c'était la guerre ! Elle a duré cinq ans. Grand-mère ne s'en est-elle jamais rendu compte ?

– Eh bien, peut-être, mais elle avait sa façon de voir et elle était fidèle à ses principes. Il n'y a rien de mal à ça.

– Peu importe. Ma mère est tombée amoureuse de lui ?

– Follement, dit Agnès.

– Et ils se sont mariés.

– Sans le consentement de Mme Bruce.

– Et a-t-elle pardonné à ma mère ?

– Oh, bien sûr, elle n'était pas du genre à remâcher ses rancunes. Et puis, de toute manière, Harriet est revenue vivre ici. Tu sais, ton père a été envoyé... enfin, en ce temps-là, ils disaient « quelque part en Angleterre »... en fait, il a été envoyé en France... Deux jours après le débarquement. Il a été tué peu après. Nous ne l'avons jamais revu.

– Alors, ils ont été mariés...

– Trois semaines seulement, fit Agnès en déglutissant. Mais ils ont tout de même eu leur lune de miel et sont restés quelque temps ensemble...

– Et ma mère était enceinte, dit Selina.

Agnès la regarda en silence, d'un air choqué. Elle prenait toujours Selina pour une petite fille et s'étonnait de l'entendre parler de manière aussi directe.

– Enfin, oui.

Son regard fut accroché par le visage au dos de la jaquette et elle posa le livre bien droit devant elle. Elle observait la lueur malicieuse qui animait ces yeux sombres. Marron, comme ceux de Gerry Dawson. Était-ce vraiment lui ? Pour sûr, il lui ressemblait, ou, du moins, ressemblait-il à ce qu'il aurait été aujourd'hui, s'il n'avait pas été tué, si jeune et si beau.

Les souvenirs affluaient maintenant dans sa mémoire et ils n'étaient pas tous mauvais. Cet homme avait insufflé à Harriet une vitalité et une flamme inattendues. Il plaisantait souvent avec Agnès à qui il glissait de temps à autre un billet d'une livre lorsque personne ne regardait. Il n'y avait pas là, pour Agnès, de quoi s'enorgueillir... ni de quoi se faire une opinion précise, mais enfin, il avait apporté une présence masculine dans cette maison de femmes et un peu de gaieté dans une atmosphère singulièrement triste. Seule Mme Bruce avait su résister à son charme.

– C'est un bon à rien, tonnait-elle. Ça se voit. Qui

est-il au juste ? Enlevez l'uniforme et il ne reste qu'un beau garçon sans attaches, sans aucun sens des responsabilités, sans projets d'avenir. Quelle sorte d'existence peut-il offrir à Harriet ?

Bien sûr, d'une certaine façon, elle était jalouse. Elle aimait régenter la vie des autres, leur dictant la façon dont ils devaient se conduire ou dépenser leur argent. Elle avait prévu de choisir elle-même le mari qu'elle destinerait à Harriet. Mais Gerry Dawson, en plus de son charme, possédait une personnalité et une détermination qui égalaient les siennes. Il avait gagné la bataille.

Plus tard, après sa mort, et après qu'Harriet l'eut suivi dans la tombe, Mme Bruce avait dit à Agnès :

– J'ai décidé de changer le nom du bébé. Elle ne s'appellera plus Dawson mais Bruce, j'en ai déjà parlé à M. Arthurstone. Cela me paraît la meilleure chose à faire.

Agnès n'était pas de son avis, mais elle n'avait jamais été de taille à s'opposer à Mme Bruce.

– Oui, madame, avait-elle répondu.

– Et puis, Agnès, je préférerais qu'elle grandisse sans rien savoir de son père. Cela ne peut lui faire que du mal. Je vous fais confiance, Agnès, vous ne me trahirez pas.

Elle avait alors levé la tête et posé un regard intense et interrogateur sur Agnès, tout en caressant les cheveux fins de l'enfant, qu'elle tenait sur ses genoux.

– Non, madame, avait répondu Agnès après une petite pause, ce dont elle fut récompensée par un bref sourire dénué de toute chaleur.

Mme Bruce avait soulevé Selina et l'avait déposée dans les bras d'Agnès.

– Je me sens soulagée, à présent, avait-elle dit. Merci Agnès.

– Tu penses que c'est mon père, dis-moi ? demanda Selina.

– Je ne peux pas en être sûre, Selina, c'est la vérité.

– Pourquoi ne m'as-tu jamais dit son nom ?

– Je l'avais promis à ta grand-mère. Maintenant, j'ai rompu ma promesse.

– Tu n'avais pas le choix.

Une idée frappa Agnès.

– Mais au fait, comment sais-tu à quoi il ressemblait ?

– J'ai trouvé une photo, il y a des années. Je ne l'ai dit à personne.

– Tu... tu ne vas tout de même pas essayer de le...

La voix d'Agnès tremblait à cette perspective.

– ...retrouver ? Si, dit Selina.

– Quel bien cela te ferait ? Même si c'est ton père.

– Je sais que c'est mon père. Je le sais. Tout va dans ce sens. Tout ce que tu m'as dit. Tout ce que...

– Dans ce cas, pourquoi n'est-il pas revenu auprès d'Harriet, après la guerre ?

– Comment le savoir ? Peut-être était-il blessé ou avait-il perdu la mémoire. Ces choses-là arrivent, tu sais. (Selina se tut un instant.) Et puis, grand-mère devait être tellement hostile à son égard...

– Non, l'interrompit Agnès. Cela n'avait aucune influence sur un homme comme M. Dawson.

– Il voudra savoir qu'il a une fille. Qu'il m'a. Et je veux le connaître. Je veux savoir comment il est et comment il parle, ce qu'il pense et ce qu'il fait. Je veux avoir l'impression d'appartenir à quelqu'un. Tu ne sais pas ce que c'est, de ne jamais vraiment appartenir à personne.

Mais Agnès comprenait. Elle avait toujours su ce que ce drame avait signifié pour Selina. Elle hésita avant de faire la seule suggestion qui lui venait à l'esprit.

– Pourquoi, dit-elle, ne pas en parler à M. Ackland ?

Les bureaux de la maison d'édition se trouvaient au dernier étage de l'immeuble. On ne les atteignait qu'après un parcours compliqué et incertain, qui commençait par un petit ascenseur branlant, se poursuivait par d'étroits couloirs pour se terminer par un escalier en colimaçon. Hors d'haleine, avec l'impression qu'elle allait émerger sur les toits, Selina se trouva enfin face à une porte sur laquelle une plaque indiquait : A.G. RUTLAND.

Elle frappa. Pour toute réponse, elle entendit le bruit étouffé d'une machine à écrire. Selina ouvrit la porte et passa la tête à l'intérieur. La jeune fille assise derrière la machine leva les yeux, interrompant un instant son travail.

– Oui ? demanda-t-elle.

– Je voudrais voir M. Rutland.

– Vous avez rendez-vous ?

– J'ai appelé ce matin. Je suis Mlle Bruce. Il m'a dit que si je venais vers dix heures et demie...

Elle regarda la pendule. Il était dix heures vingt.

– Bien, dit la secrétaire. Il reçoit un visiteur pour le moment, mais vous pouvez vous asseoir en attendant.

La secrétaire se remit à sa machine. Selina pénétra dans la pièce et, après avoir refermé la porte derrière elle, s'assit sur une petite chaise inconfortable. Un murmure de voix masculines provenait du bureau voisin. Environ vingt minutes plus tard, elle entendit que l'on repoussait une chaise. Il y eut des bruits de pas et la porte du bureau s'ouvrit. L'homme qui en sortit fit tomber une liasse de papiers en enfilant son manteau.

– Oh, comme je suis maladroit... (Il se baissa et se mit à rassembler les feuilles éparses.) Merci pour tout, M. Rutland...

– Mais je vous en prie. Revenez quand vous aurez quelques idées nouvelles pour le dénouement.

– Oui, bien sûr.

Ils se saluèrent, et comme l'éditeur s'apprêtait à regagner son bureau, Selina se leva pour l'interpeller. Il se retourna et la regarda.

– Oui ?

Il était plus âgé qu'elle ne se l'était imaginé, presque chauve, et il portait des lunettes en demi-lune, pardessus lesquelles il regarda Selina comme l'aurait fait un maître d'école d'autrefois.

– Je... je crois que nous avons rendez-vous.

– Vraiment ?

– Oui. Je m'appelle Selina Bruce. J'ai appelé ce matin.

– Je suis très occupé...

– Cela ne prendra pas plus de cinq minutes.

– Êtes-vous un auteur ?

– Non, je n'ai rien à voir avec l'édition. J'ai seulement besoin de... de vous poser quelques questions.

– Eh bien entrez, marmonna-t-il en soupirant.

Il s'écarta pour laisser le passage à Selina et la suivit dans son bureau. Elle remarqua le tapis persan dans les tons rouges, et s'étonna du désordre qui régnait sur le bureau et de toutes ces étagères croulant sous les livres et les manuscrits. Il y en avait partout, sur les tables, sur les chaises et à même le sol.

Il n'eut pas un mot pour s'excuser du désordre, comme s'il n'avait aucune raison de le faire, ce qui était en effet le cas. Il approcha un fauteuil pour Selina et s'installa à son bureau. Sans même attendre qu'il soit assis, Selina commença à expliquer les raisons de sa présence.

– M. Rutland, je suis absolument navrée de vous avoir dérangé et je vais essayer d'être brève. C'est au sujet du livre que vous avez publié, *Fiesta à Cala Fuerte.*

– Ah oui, George Dyer.

– C'est cela. Que savez-vous de lui ?

Cette question abrupte fut accueillie par un silence déconcertant et par un regard plus déconcertant encore lancé par-dessus les lunettes de M. Rutland.

– Pourquoi, dit-il enfin. Et vous, le connaissez-vous ?

– Oui. Du moins, je le crois. Il était... un ami de ma grand-mère. Elle est morte voici six semaines et je... eh bien, j'aurais aimé le lui faire savoir.

– Je peux toujours faire suivre une lettre pour vous.

Selina prit une profonde inspiration avant de changer d'angle d'attaque.

– Le connaissez-vous bien ?

– A peu près autant que vous, je suppose. Je présume que vous avez lu son livre.

– Je veux dire... vous ne l'avez jamais rencontré ?

– Non, dit M. Rutland. Jamais. Il habite à Cala Fuerte sur l'île de San Antonio. Il vit là, je crois, depuis six ou sept ans.

– Il n'est jamais venu à Londres ? Même pour la publication de son livre ? (M. Rutland secoua sa tête chauve sur laquelle dansait un mince rayon de lumière.) Savez-vous si... s'il est marié ?

– Il ne l'était pas à l'époque. Peut-être l'est-il aujourd'hui.

– Et quel âge a-t-il ?

– Je n'en ai pas la moindre idée, jeta-t-il d'une voix impatiente. Ma chère demoiselle, vous êtes en train de me faire perdre mon temps.

– Je sais. Je... je suis désolée. Je pensais seulement que vous auriez pu m'aider. Je pensais qu'il y avait peut-être une chance pour qu'il soit à Londres actuellement, et que je puisse le voir.

– Je crains que cela ne soit impossible. (M. Rutland se leva, indiquant avec fermeté que l'entretien était terminé. Selina fit de même et se dirigea vers la porte qu'il ouvrait pour elle.) Mais, si vous voulez le contacter, nous serons ravis de faire suivre votre courrier.

– Merci. Je suis vraiment navrée de vous avoir fait perdre votre temps.

– Ce n'est rien. Bonne journée.

– Au revoir.

Mais, alors qu'elle passait la porte et traversait le

bureau du secrétariat, elle prit un air si désespéré que M. Rutland en fut malgré lui touché.

– Mlle Bruce ! lança-t-il.

Selina se retourna.

– Nous adressons tout son courrier au yacht-club de San Antonio, mais sa maison s'appelle la Casa Barco, à Cala Fuerte. Vous gagneriez peut-être du temps en lui écrivant directement. Et... si vous le faites, rappelez-lui que j'attends toujours le synopsis de son deuxième livre. Je lui ai écrit une douzaine de lettres, mais il manifeste, semble-t-il, peu d'empressement à me répondre.

Selina sourit et l'éditeur fut stupéfié par la transformation qui s'était opérée en elle.

– Oh, merci infiniment ! s'exclama-t-elle. Je vous suis très reconnaissante de ces informations.

– Je vous en prie, ce n'est rien, dit M. Rutland.

L'appartement vide n'était pas le lieu idéal pour une discussion de cette importance, mais elle n'avait pas le choix.

Selina interrompit les observations que Rodney faisait sur les mérites comparés des moquettes unies et de celles à motifs.

– Rodney, il faut que je te parle, dit-elle.

Coupé dans sa péroraison, il baissa les yeux vers elle d'un air légèrement contrarié. Il avait remarqué, durant tout le déjeuner, puis dans le taxi qui les avait conduits à l'appartement, que la jeune femme n'était pas dans son état normal. Elle n'avait pratiquement rien mangé et semblait préoccupée et absente à la fois. D'autres détails avaient retenu l'attention de Rodney : le corsage qu'elle portait jurait avec son manteau et avec sa jupe de couleur fauve, et l'un de ses bas était filé. Or, Selina n'était guère coutumière de ce genre de négligence et de faute de goût.

– Quelque chose ne va pas ? demanda-t-il.

Selina inspira profondément et s'efforça de le regarder en face sans perdre son calme. Mais son cœur battait à se rompre, tandis que son estomac se serrait comme si elle se trouvait dans un ascenseur trop rapide.

– Non, tout va bien, mais il faut simplement que je te parle.

Il fronça les sourcils.

– Est-ce que cela ne peut pas attendre ce soir ? Sinon, je ne sais pas quand je pourrai revenir pour prendre les mesures et...

– Oh, Rodney, je t'en prie, veux-tu m'écouter !

Il hésita, puis, d'un air résigné, reposa la souche d'échantillons de moquettes et replia son mètre qu'il glissa dans sa poche.

– Bien. Je t'écoute.

Selina humecta ses lèvres. Cet appartement vide la déconcertait. Leurs voix résonnaient et il n'y avait pas de meuble, pas le moindre ornement sur lequel poser la main pour se donner contenance. Elle avait l'impression d'avoir été abandonnée sur une grande scène vide, sans souffleur alors qu'elle avait oublié son texte.

– C'est au sujet de mon père, dit-elle enfin.

Rodney ne cilla pas. Il était un excellent avocat et ne détestait pas une bonne partie de poker. Il savait tout sur Gerry Dawson, puisque Mme Bruce et

M. Arthurstone avaient estimé depuis longtemps qu'il était nécessaire de le mettre au courant. Il savait aussi que Selina ignorait tout de son père. Et ce n'est pas lui qui allait rompre le secret.

– Oui, eh bien ? demanda-t-il gentiment.

– Eh bien... je crois qu'il est vivant.

Soulagé, Rodney sortit les mains de ses poches et éclata d'un petit rire incrédule.

– Selina...

– Non, attends. Ne me dis pas qu'il est mort. Écoute-moi plutôt. Tu te souviens de ce livre que tu m'as offert hier, *Fiesta à Cala Fuerte* ? Bien. Au dos du livre, il y a la photo de l'auteur, George Dyer.

Rodney acquiesça.

– Eh bien, le fait est... qu'il ressemble à mon père comme deux gouttes d'eau.

Rodney prit le temps de digérer cette information et murmura :

– Comment sais-tu à quoi ton père ressemblait ?

– Je le sais parce que j'ai trouvé une photo de lui dans un livre, il y a bien des années. Et je suis persuadée que c'est la même personne.

– Tu veux dire que George Dyer serait...

Il s'arrêta juste à temps.

– Gerry Dawson.

Selina avait terminé la phrase avec un sentiment de triomphe.

Rodney eut l'impression qu'on était en train de tirer un tapis sous ses pieds.

– Comment sais-tu son nom ? Tu n'étais pas supposée le connaître.

– Agnès me l'a dit hier.

– Mais, de quoi se mêle-t-elle ?

– Écoute, Rodney, essaie de comprendre ! Tu ne peux pas l'en blâmer. Je l'ai prise au dépourvu. J'ai posé la photo de George Dyer, comme ça, sur la table, devant elle... et elle s'est pratiquement évanouie.

– Selina, voyons... ton père est mort !

– Enfin, Rodney, ne comprends-tu pas, il a disparu, c'est vrai, mais rien ne prouve qu'il soit mort. N'importe quoi a pu se passer.

– Alors, pourquoi n'est-il pas rentré après la guerre ?

– Peut-être était-il malade. Peut-être avait-il perdu la mémoire. Peut-être a-t-il appris que ma mère était morte.

– Et qu'aurait-il fait durant tout ce temps ?

– Je ne sais pas. Mais depuis six ans, il vit à San Antonio.

Elle se rendit compte que Rodney allait lui demander comment elle avait découvert cette information. Ne souhaitant pas qu'il sache qu'elle avait rendu visite à M. Rutland, elle ajouta très vite :

– Tous les renseignements sont dans ce livre, non ?

– As-tu la photo de ton père avec toi ?

– Pas celle du livre.

– Je ne parle pas de celle-ci, mais de... l'autre.

– Oui, je l'ai ici, dit-elle après une seconde d'hésitation.

– Montre-la-moi.

– Tu... tu vas me la rendre ?

Il y eut une légère nuance d'irritation dans la voix de Rodney :

– Mais, ma chère, pour qui me prends-tu ?

Elle eut immédiatement honte de sa réaction. Rodney ne se serait jamais abaissé à ce genre de mesquinerie. Elle partit chercher son sac, en tira la précieuse photographie, qu'elle tendit à Rodney. Il s'approcha de la fenêtre pour examiner le cliché en pleine lumière. Selina se tenait derrière lui.

– Tu ne te souviens probablement pas de la photo au dos du livre, mais c'est la même personne, j'en jurerais. Tout est conforme. La fossette du menton, les yeux... et la forme des oreilles.

– Qu'est-ce qu'a dit Agnès ?

– Elle n'a pas voulu s'engager, mais je suis sûre qu'elle pense que c'est mon père.

Rodney ne répliqua pas. Il considérait le visage sombre et ironique de la photographie en fronçant les sourcils. Son esprit bouillonnait, envahi par de nombreux motifs d'inquiétude. Le premier étant la possibilité de perdre Selina. Homme clairvoyant, Rodney ne s'était jamais fait d'illusions sur l'amour qu'il lui portait, mais, peu à peu, la jeune femme avait fini, presque sans qu'il s'en aperçoive, par occuper une part importante de sa vie. Il avait été séduit par son charme, par ses cheveux satinés d'un blond mêlé de reflets roux, par sa peau et par ses yeux bleu saphir. Enfin, bien que les centres d'intérêt de la jeune femme ne soient pas aussi nobles que les siens, elle faisait montre d'une incontestable soif d'apprendre.

Il y avait aussi la question de ses affaires. Depuis la mort de sa grand-mère, Selina était devenue une jeune fille assez fortunée, un fruit mûr, s'il en était, prêt à tomber entre les mains de n'importe quel homme sans scrupules. Pour le moment, M. Arthurstone et lui-même géraient en complet accord son capital, mais dans six mois, Selina aurait vingt et un ans et elle pourrait en disposer à sa guise. L'idée que le contrôle de tout cet argent puisse lui échapper donnait la chair de poule à Rodney.

Il jeta un regard par-dessus son épaule, et croisa celui de Selina. Il n'avait jamais rencontré de femme dont le blanc des yeux fût aussi éclatant, aussi bleuté. Elle exhalait une délicieuse odeur de citron fraîchement pressé et de verveine. Il eut soudain l'impression d'entendre la voix de Mme Bruce remontant du passé, avec ces mots acérés qu'elle réservait à Gerry Dawson. « Velléitaire » fut la première épithète qui lui revint en mémoire, suivie d'autres tout aussi peu flatteuses : « irresponsable », « inconséquent », « financièrement douteux ».

Il tenait la photographie par un coin et en tapotait la paume de sa main gauche. Une vague de dépit montait en lui. Ressentant le besoin rageur de désigner un coupable, il s'écria :

– C'est bien sûr la faute de ta grand-mère. Elle n'aurait jamais dû te laisser dans l'ignorance au sujet de ton père. Cet écheveau de secrets, ce refus de mentionner jusqu'à son nom... tout cela a été une erreur ridicule.

– Pourquoi ? demanda Selina, intéressée.

– Parce que cela t'a rendue obsédée par lui !

Rodney la fusilla du regard. Selina ouvrit grand les yeux, visiblement blessée, et resta figée, la bouche ouverte, comme un enfant effaré. Rodney poursuivit sur le même ton :

– Tu es obsédée par la paternité, et plus généralement par tout ce qui touche à la vie de famille. Le fait que tu aies découvert cette photo et que tu l'aies gardée bien cachée en est un symptôme tout à fait caractéristique.

– Tu me parles comme si j'étais malade.

– J'essaie seulement de t'aider à comprendre que tu as un complexe au sujet de ton père décédé.

– Peut-être n'est-il pas mort, rétorqua Selina. Et si j'ai un complexe à son sujet, tu viens toi-même d'admettre que je n'en suis pas responsable. Qu'y a-t-il de si grave à avoir un complexe ? Ce n'est pas comme de loucher ou d'être borgne. Au moins, cela ne se voit pas.

– Selina, ce n'est pas drôle.

– En effet, je ne trouve pas ça drôle du tout.

Elle l'observait avec un regard brillant où il vit de la fureur. Ils se querellaient. C'était la première fois, et le moment était plutôt mal choisi.

– Chérie, je suis navré, dit-il vivement. (Il baissa la tête pour l'embrasser sur la bouche, mais elle détourna son visage et il ne put atteindre que sa joue.) Ne comprends-tu pas ? C'est à toi que je pense. Seulement à toi. Je ne veux pas que tu te mettes à la recherche d'un type, que tu le poursuives jusqu'au bout du monde pour t'apercevoir finalement que tu as fait erreur.

– Mais supposons, dit Selina, supposons seulement que cet homme est bien mon père. Non seulement il est vivant, mais il habite à San Antonio, écrit des livres, navigue sur son petit yacht et il est l'ami de tous les Espagnols du coin. Tu souhaiterais que je le connaisse, non ? Quant à toi, tu souhaiterais avoir un vrai beau-père, je suppose.

C'était la dernière chose que Rodney désirait.

– Nous devons penser avant tout à nous-mêmes, dit-il aimablement. Nous devons le respecter, lui aussi, ce George Dyer, qu'il soit ou non ton père.

– Je ne comprends pas.

– A l'heure qu'il est, après toutes ces années, il est parvenu à se bâtir une existence agréable. C'est la vie qu'il a choisie librement. S'il avait voulu une famille, avec une femme et des enfants, il aurait fait ce choix depuis longtemps.

– Tu veux dire qu'il pourrait me rejeter ? Qu'il ne voudrait pas que je le retrouve ?

Rodney reçut un choc.

– Tu n'entends pas faire ça !

– C'est si important pour moi. Nous pourrions prendre un avion pour San Antonio.

– Nous ?

– Je voudrais que tu viennes avec moi. S'il te plaît.

– C'est hors de question, d'autant plus qu'il faut que j'aille à Bournemouth, je te l'ai dit. Je serai absent trois ou quatre jours.

– Mme Westman ne pourrait pas attendre ?

– Bien sûr que non.

– C'est seulement... que je voulais que tu sois avec moi. Aide-moi, Rodney.

Rodney se méprit sur l'appel qu'elle lui lançait. Il crut qu'elle demandait une aide matérielle. Aide-moi à acheter les billets d'avion, à trouver la bonne compagnie aérienne, aide-moi à traverser la douane, à trouver un porteur pour les bagages et puis un taxi. Elle n'avait jamais voyagé seule de sa vie et il était persuadé qu'elle n'essaierait jamais.

Il éluda la prière de la jeune femme par un sourire charmeur. Puis il lui prit la main et se lança dans un discours qui se voulait rassurant.

– Voyons, à quoi rime cette précipitation ? Sois patiente. Je comprends que ce soit excitant pour toi de découvrir tout à coup que ton père est peut-être vivant. Je devine aussi quel vide il y a eu dans ta vie. J'espérais pouvoir le combler.

C'était d'une grande noblesse... mais Selina rétorqua :

– Ce n'est pas cela, Rodney...

– Mais enfin, nous ne savons rien de ce George Dyer. Ne crois-tu pas qu'il faudrait que nous fassions une enquête avant de prendre des décisions que nous pourrions regretter ?

Maintenant, il s'exprimait avec l'intonation d'un membre de la famille royale.

– Je suis née après sa disparition. Il ne sait même pas que j'existe.

– Tout à fait, fit Rodney sur un ton de plus en plus sentencieux. Tu sais, Selina, il y a un vieux dicton qui ne manque pas de sagesse : *Il ne faut pas réveiller l'eau qui dort*.

– Je ne vois pas où est le danger. Je pense simplement que mon père est peut-être en vie et qu'il est l'homme dont j'ai toujours eu besoin, plus que tout autre, durant toute ma vie.

Rodney oscillait entre la colère et le dépit.

– Tu parles comme un enfant.

– Je suis comme une pièce de monnaie, avec un côté

pile et un côté face, un côté Bruce et un côté Dawson. Selina Dawson. C'est là mon vrai nom. Il représente ce que je suis vraiment. (Elle sourit à Rodney qui songea, dans son désarroi, que c'était un sourire qu'il n'avait encore jamais vu.) Aimes-tu Selina Dawson autant que tu aimes Selina Bruce ?

Il tenait toujours la photo de son père entre ses doigts. Elle la lui prit et s'en alla la remettre dans son sac.

– Bien sûr, quelle question ! dit Rodney après un léger temps d'arrêt.

Selina referma son sac et le reposa à terre.

– Maintenant, dit-elle en lissant le devant de sa jupe comme si elle était sur le point de commencer une récitation, il est temps de prendre les mesures pour les rideaux, non ?

3

La piste de l'aéroport de Barcelone étincelait sous les premiers rayons de l'aube. De nombreuses flaques d'eau rappelaient l'orage qui avait pourchassé l'avion au-dessus des Pyrénées et un vent frais soufflait des montagnes. Dans les salons, les bancs et les chaises croulaient sous des silhouettes encore endormies, enfouies dans des manteaux et sous des couvertures. Les yeux cernés et les traits tirés trahissaient la fatigue causée par des heures d'attente. La nuit avait été longue pour certains. Les vols pour Rome et pour Palma avaient été annulés et celui pour Madrid retardé.

Selina, qui continuait de lutter contre la nausée, traversa d'un pas chancelant les portes en verre coulissantes. Que devait-elle faire, maintenant ? se demanda-t-elle. Elle avait un billet de transit pour San Antonio, mais elle avait besoin d'une nouvelle carte d'embarquement. Où aller ? Elle avisa un employé à l'air épuisé qui pesait des bagages derrière un comptoir. Selina s'approcha et, pleine d'espoir, se posta en face de lui. Il releva enfin la tête.

– Vous parlez anglais ? demanda-t-elle.

– *Si.*

– J'ai un billet pour San Antonio.

Il tendit la main et, sans un mot, détacha le feuillet correspondant, établit une carte d'embarquement, la glissa dans la pochette avec le billet et remit le tout à Selina.

– Merci. Le départ est prévu à quelle heure ?

– Sept heures trente.

– Et mes bagages.

– Ils vont suivre directement sur l'avion pour San Antonio.

– Et la douane ?

– La douane ? A San Antonio.

– Très bien. Merci infiniment.

Les efforts qu'elle avait déployés pour lui tirer un sourire n'eurent guère de succès. L'homme avait eu une nuit difficile et n'était pas d'humeur à se montrer aimable.

Elle alla s'asseoir. Elle était épuisée mais se sentait trop excitée pour pouvoir dormir. L'avion avait décollé de l'aéroport de Londres à deux heures du matin, mais elle n'avait pas fermé l'œil de tout le voyage, essayant de se rassurer et passant en revue tout ce qui lui restait à faire : arriver à Barcelone, trouver le vol pour San Antonio, passer les formalités de douane et de police, trouver un taxi pour Cala Fuerte. La ville ne devait pas être bien grande. « Où habite l'Anglais, M. George Dyer ? » demanderait-elle, et on lui indiquerait la direction de la Casa Barco... et là, elle finirait bien par le trouver.

Les passagers avaient été surpris par l'orage au-dessus des Pyrénées. Le commandant de bord les avait prévenus et ils étaient tous restés éveillés, sanglés dans leurs ceintures de sécurité. L'avion, qui faisait des embardées et tremblait de toute sa carcasse, avait pris de l'altitude et s'était mis à vibrer plus fortement encore. Plusieurs passagers avaient été malades. Selina avait fermé les yeux et s'était efforcée de résister à la nausée. Elle avait bien failli ne pas y parvenir.

A l'amorce de leur descente sur Barcelone, ce fut un déchaînement de tonnerre suivi d'éclairs. On aurait cru que les ailes de l'avion traînaient des bannières de flammes. Puis ils s'enfoncèrent dans les nuages et une pluie torrentielle se mit à fouetter les hublots. Enfin, au-dessus de l'aéroport, un vent latéral les obligea à atterrir à grande vitesse sur une piste détrempée, chatoyante de lumières. En glissant sur le tarmac, les roues firent jaillir de grandes gerbes d'eau et l'avion poursuivit sa course assourdissante pour s'arrêter enfin, sous les applaudissements et les soupirs de soulagement de tous les passagers.

C'était étrange de se retrouver là, sans personne pour l'attendre. Elle aurait voulu qu'il y ait un chauffeur, avec un uniforme et une grosse voiture climatisée, ou bien Agnès, qui l'aurait accueillie de son sourire protecteur, ou tout simplement quelqu'un qui aurait été là pour récupérer sa valise et se charger des formalités de transit. Mais il n'y avait personne. C'était l'Espagne, Barcelone à six heures, un matin de mars, et elle était seule.

Lorsque l'aiguille de l'horloge marqua enfin sept heures, Selina se rendit au bar et commanda une tasse de café qu'elle régla avec les pesetas qu'un caissier de banque prévoyant lui avait conseillé d'emporter. Le café n'était pas très bon, mais sa chaleur la réconforta. Elle s'assit pour le boire en contemplant son reflet dans le miroir qui courait derrière le bar. Elle portait une robe en jersey brun, un manteau léger dans les tons beiges et un foulard de soie qui avait glissé sur ses épaules : « Une parfaite tenue de voyage », aurait dit Mme Bruce. Sa grand-mère avait, en matière vestimentaire comme en beaucoup d'autres, des idées bien arrêtées. Le jersey est confortable et ne se froisse pas, et un manteau doit être choisi pour « aller avec tout ». Les chaussures doivent être légères, mais suffisamment solides pour supporter les longs trajets dans des aéroports battus par les vents, et il ne faut pas lésiner sur le contenu du bagage à main. Bien souvent, par une sorte d'automatisme, Selina continuait à suivre les conseils de son aïeule. Non qu'ils soient toujours d'une grande aide. Ainsi, en cet instant, ses vêtements étaient froissés et elle avait l'air hagard et épuisé. En fait, elle avait peur de prendre l'avion et s'habiller comme un voyageur expérimenté ne dissipe en rien la hantise de mourir dans un accident ou, au mieux, de perdre son passeport.

L'avion pour San Antonio était minuscule et paraissait aussi peu fiable qu'un jouet d'enfant. « Oh non ! » songea Selina en se dirigeant vers la passerelle. Le vent lui soufflait au visage des bouffées de gas-oil et elle pataugeait allègrement dans les flaques d'eau. Les passagers étaient peu nombreux et affichaient un air morose en montant dans l'avion comme s'ils partageaient ses inquiétudes. Quand elle fut installée, Selina accepta le bonbon qu'on lui offrait et se mit aussitôt à le sucer comme s'il s'agissait d'un remède miracle contre la panique.

Le mauvais temps persistant, ils n'aperçurent San Antonio qu'au moment de l'atterrissage. Ils ne voyaient rien sinon les nuages, collés aux hublots comme des ballots de laine grise. La pluie se mit à tomber et ils entrevirent soudain des champs et le toit des maisons, un moulin à vent et un bosquet de pins. La terre était couleur de brique et le paysage luisait sous la pluie. L'aéroport venait d'être construit, et la piste semblait avoir été passée au bulldozer le matin même. Tout le reste n'était qu'un marécage de boue rougeâtre. Quand ils se furent posés, deux mécaniciens poussèrent à la main une passerelle qu'ils calèrent contre le flanc de l'avion. Ils portaient des cirés jaunes et pataugeaient jusqu'aux genoux dans la boue. Personne ne semblait regretter de quitter l'avion. Quand ils furent sortis, ils durent s'avancer avec précaution, cherchant désespérément leur chemin entre les flaques.

L'air embaumait le pin humide, gorgé de résine. Par miracle, il ne pleuvait plus. Il faisait plus chaud et le vent s'était calmé. Il n'y avait pas de hautes montagnes enneigées ici, il n'y avait que la mer, une mer chaude qui entourait l'île. Selina était enfin arrivée à San Antonio. Le voyage était terminé, et elle était toujours en vie. Elle retira son foulard de soie et laissa ses cheveux s'ébrouer au vent.

On faisait la queue au poste de police. Les soldats de la *Guardia civil* paraissaient être aux aguets, comme s'ils craignaient un afflux de criminels, et les armes qu'ils transportaient n'avaient rien de décoratif. L'officier de l'immigration œuvrait lentement, tout en bavardant avec un collègue et s'interrompant de temps en temps pour inspecter, d'un air attentif et préoccupé, les passeports qu'on lui tendait. Selina, troisième dans la file d'attente, dut attendre dix minutes avant qu'il finisse par tamponner son passeport et le lui rendre.

– Mes bagages... tenta-t-elle de demander.

Il ne comprit pas, ou ne voulut pas comprendre, et lui fit signe d'un geste bref de s'éloigner. Replaçant son passeport dans son sac, elle poursuivit son chemin, bien décidée à ne pas se laisser abattre. Elle fut surprise par la foule qui encombrait un si petit aéroport. Il y avait des familles partout. Des enfants braillaient, leurs mères criaient plus fort encore pour qu'ils se taisent, tandis que les pères bataillaient pour les porteurs ou bien se bousculaient dans la queue pour obtenir les cartes d'embarquement. Des amoureux se tenaient par la main, attendant le dernier moment pour se dire au revoir, et ne s'écartant pas d'un pouce pour laisser passer les voyageurs. Le vacarme était assourdissant.

– Pardon, ne cessait de dire Selina en essayant de se faufiler dans la foule. Excusez-moi... pardon...

Elle remarqua plusieurs passagers du vol de Barcelone qui rassemblaient leurs affaires sous un panneau où elle put lire le numéro de son vol. Elle s'élança pour les rejoindre.

– Pardon... (Elle s'était pris le pied dans un lourd panier en osier et avait failli renverser un gros bébé en barboteuse jaune.) Oh, je suis désolée... excusez-moi !

Les bagages commençaient à arriver. Un porteur les déposait les uns après les autres sur un comptoir de fortune où ils étaient réclamés par leurs propriétaires. Un douanier les examinait alors et demandait parfois qu'on les ouvre, avant d'autoriser qu'on les emporte.

La valise de Selina n'arrivait pas. C'était une valise facile à identifier, de couleur bleue avec une bande blanche. Après une attente qui lui sembla une éternité, Selina se rendit compte qu'il ne restait plus de bagages à venir. Les autres passagers s'étaient dispersés les uns après les autres. Selina demeura seule devant le comptoir.

Le douanier, qui jusqu'alors ne lui avait prêté aucune attention, s'étira, posa les mains sur ses hanches et releva ses sourcils noirs vers elle.

– Ma valise, dit Selina. C'est...

– *No hablo inglés.*

– Ma valise... Parlez-vous anglais ?

Un autre homme s'approcha.

– Il a dit « non ».

– Et vous, parlez-vous anglais ?

Il haussa lentement les épaules, comme pour lui signifier que peut-être, dans des circonstances désespérées, il pourrait essayer de marmonner un mot ou deux.

– Mes bagages... Ma valise... *Ma valise,* répéta-t-elle, passant au français en désespoir de cause.

– Pas ici ?

– Non.

– Vous, arriver d'où ? demanda l'homme en roulant les *r*.

– De Londres via Barcelone.

– Oh ! fit-il, comme si elle venait de lui faire part d'une nouvelle dramatique.

Il se tourna vers son collègue et ils se mirent à déverser un flot ininterrompu de paroles sur un ton qui donnait l'impression d'une conversation privée. Hébétée, Selina se demandait s'ils n'échangeaient pas des nouvelles de leurs familles, quand le fonctionnaire qui parlait anglais haussa à nouveau les épaules et se retourna vers elle.

– Je vais aller voir, dit-il.

Il disparut. Selina attendit, tandis que l'autre homme se curait les dents. Un enfant hurlait quelque part. Puis le haut-parleur, comme pour ajouter à son désespoir, entonna cette sorte de musique qu'on associe en général aux corridas. Dix minutes plus tard, l'homme qui s'était montré éminemment serviable revint, accompagné par l'un des stewards de l'avion.

Souriant comme s'il était porteur d'une nouvelle exquise, le steward s'approcha de Selina.

– Votre bagage est perdu.

– Perdu !

Elle émit une sorte de gargouillis qui hésitait entre le cri de détresse et le gémissement.

– Nous pensons que votre valise se trouve à Madrid.

– Madrid ! Mais que fait-elle à Madrid ?

– Il semblerait que... malheureusement... elle ait été mal dirigée à Barcelone. C'est en tout cas ce que nous croyons. Il y avait un vol pour Madrid à la même heure.

– Mais elle portait l'étiquette de San Antonio. Depuis Londres...

Au mot « Londres », le douanier grommela de nouveau entre ses dents, comme si la cause était sans espoir. Selina l'aurait volontiers frappé.

– Je suis désolé, poursuivit le steward. Je vais adresser un message à Madrid pour que votre valise soit renvoyée ici.

– Et cela va prendre combien de temps ?

– Je n'ai pas dit qu'elle se trouvait à Madrid, expliqua le steward, déterminé à ne pas s'engager. Nous devons d'abord la localiser.

– Eh bien, il vous faut combien de temps pour cela.

– Je ne sais pas. Peut-être trois ou quatre heures.

Trois ou quatre heures ! Elle aurait pleuré, si elle n'avait pas été aussi en colère.

– Je ne peux pas attendre trois ou quatre heures ici.

– Dans ce cas, vous pouvez revenir demain pour voir si votre bagage a été renvoyé.

– Je suppose que je pourrai téléphoner avant de venir pour savoir si ma valise est arrivée ?

C'était une plaisanterie, apparemment.

– Il y a très peu de téléphones, *señorita,* lui répondit-on dans un sourire.

– Bon, très bien, je reviendrai demain.

– Ou après-demain, précisa le steward avec l'air d'un homme plein de bon sens.

Selina fit une dernière tentative.

– Mais tout ce que j'ai est dans ma valise.

– Je suis désolé.

Il continuait de lui sourire. Elle eut soudain l'impression de se noyer. Son regard glissait d'un visage à l'autre et elle comprit finalement qu'aucun des trois hommes ne l'aiderait. Elle devait se résoudre à se débrouiller seule. Elle dit enfin, d'une voix qui tremblait un peu :

– Est-il possible de trouver un taxi ?

– Mais bien sûr. A la sortie. Il y en a plein qui attendent.

En fait, il y en avait quatre. Selina commençait d'avoir chaud sous son manteau de voyage. Elle s'avança vers eux. Dès qu'ils l'eurent aperçue, les chauffeurs se mirent à klaxonner, à lui faire signe de la main et à crier : *Señorita !* avant de bondir hors de leur voiture, chacun d'eux essayant d'attirer Selina vers son propre taxi.

– Est-ce que l'un d'entre vous parle anglais ? demanda-t-elle d'une voix forte.

– *Si, si, si !*

– Je veux aller à Cala Fuerte.

– Cala Fuerte. *Si.*

– Vous connaissez Cala Fuerte ?

– *Si. Si,* dirent-ils tous.

– Mon Dieu, est-ce que quelqu'un parle anglais... ?

– Moi, fit une voix. Je parle anglais.

C'était le chauffeur du quatrième taxi. Tandis que ses collègues essayaient de convaincre Selina, il patientait, finissant placidement de fumer son cigare. Il le jeta par terre, l'écrasa et s'avança. Son aspect n'était guère rassurant. Il était impressionnant par sa taille et son embonpoint. Il portait une chemise bleue dont le col ouvert révélait une poitrine velue. Son pantalon était retenu par une ceinture de cuir au dessin compliqué et il était affublé d'un petit chapeau de paille tout à fait incongru, comme ceux que les touristes rapportent en souvenir. Malgré l'heure matinale et le ciel couvert, il portait des lunettes de soleil et l'étroite moustache noire qu'il arborait lui donnait un faux air de Don Juan d'opérette. En bref, il était si repoussant que Selina chancela.

– Je parle anglais, répéta-t-il avec un fort accent américain. J'ai travaillé en Espagne sur une base de l'armée américaine.

– Oh !... bien...

Selina était convaincue que n'importe lequel des trois autres chauffeurs valait mieux que ce ruffian, qu'il parle anglais ou pas.

– Où voulez-vous aller ? demanda-t-il en ne prêtant aucune attention à son mouvement d'hésitation.

– A... Cala Fuerte. Mais je suis sûre...

– Je vous emmène. Six cents pesetas.

– Euh... mais...

Elle jeta un regard désespéré en direction des autres chauffeurs, mais ils s'étaient détournés. L'un d'eux avait même rejoint sa voiture dont il nettoyait le parebrise avec un vieux chiffon.

Elle toisa le gros homme au chapeau de paille. Il grimaça un sourire qui découvrit une superbe rangée de chicots. Avalant sa salive, elle lui dit :

– D'accord. Six cents pesetas.

– Où sont vos bagages ?

– Perdus. Ils ont été perdus à Barcelone.

– Pas de chance.

– En effet. On a embarqué ma valise sur un mauvais vol. Ils vont essayer de la retrouver et je reviendrai demain... ou après-demain. Il faut que j'aille à Cala Fuerte maintenant, vous savez, et puis...

Quelque chose dans l'expression du gros homme la fit s'interrompre. Il contemplait fixement le sac à main de Selina. Selina suivit son regard et remarqua qu'il s'était en effet produit un événement bizarre. Bien que les deux lanières fussent solidement arrimées à son bras, le sac pendouillait, grand ouvert comme une bouche béante. Les languettes de cuir qui le maintenaient fermé avaient été découpées comme au rasoir. Et son portefeuille avait disparu !

Le chauffeur de taxi s'appelait Toni. Il se présenta dans les formes et voulut bien lui servir d'interprète durant la longue et fastidieuse déposition qu'elle eut à faire auprès de la *Guardia civil*.

– La *señorita* a été volée. Dans la foule de l'aéroport, ce matin. Un voleur avec une lame de rasoir. On lui a tout pris. Tout ce qui lui appartient.

– Son passeport ?

– Non, pas son passeport. Mais son argent, ses pesetas, ses livres anglaises, ses chèques de voyage et son billet de retour pour Londres.

L'officier de la *Guardia civil* examinait le sac de Selina avec soin.

– Est-ce que la *señorita* ne s'est aperçue de rien ?

– Rien du tout. Au milieu de la foule, comment aurait-elle pu sentir quoi que ce soit ?

– On dirait que le sac a été découpé au rasoir.

– Sûrement. Un rasoir. Un voleur avec une lame de rasoir.

– Quel est le nom de la *señorita* ?

– Mlle Selina Bruce, de Londres, voyageant avec un passeport britannique.

– Et où Mlle Bruce réside-t-elle à San Antonio ?

– A... (Selina hésita une seconde mais les événements balayaient tout scrupule.) Casa Barco, Cala Fuerte.

– De quelle couleur était le portefeuille ? Combien

d'argent contenait-il exactement ? Est-ce que les chèques de voyage étaient signés ?

Selina répondit avec lassitude à toutes les questions. La pendule indiqua dix heures, puis la demie, et poursuivit sa ronde. Ses pires craintes s'étaient réalisées au-delà de tout. Elle avait perdu sa valise et son argent. Et elle devait toujours se rendre à Cala Fuerte.

L'interrogatoire se termina enfin. Le policier rassembla ses papiers et se leva. Selina le remercia et lui serra la main. Il parut surpris par son geste, mais ne lui sourit pas.

Selina et Toni retraversèrent ensemble le bâtiment maintenant vide, passèrent les portes en verre et s'arrêtèrent l'un en face de l'autre. Il faisait chaud et Selina tenait son manteau sur son bras. Elle fixa l'homme du regard, attendant qu'il fasse le premier pas.

Il se contenta d'ôter ses lunettes de soleil.

– Il faut tout de même que j'aille à Cala Fuerte, dit-elle.

– Vous n'avez pas d'argent.

– Mais vous serez payé, je vous le promets. Quand nous serons à Cala Fuerte... mon... père vous paiera.

Toni fronça les sourcils.

– Votre père ? Il habite ici ? Pourquoi ne le disiez-vous pas ?

– Cela n'aurait rien changé. Nous... nous n'avions aucun moyen de le joindre.

– Votre père vit à Cala Fuerte ?

– Oui. Dans une maison qui s'appelle la Casa Barco. Je suis sûre qu'il sera là et qu'il vous réglera. (Toni l'examinait, soupçonneux et incrédule.) Et puis, vous ne pouvez pas me laisser ici. Je n'ai même pas de billet pour retourner à Londres.

Il regarda le ciel un moment, puis alluma une cigarette. On ne pouvait rien deviner de ses pensées, sinon qu'il hésitait à s'engager.

La cigarette brasillait. Il souffla dans l'air un nuage de fumée et ses yeux noirs se posèrent sur le visage de Selina. Elle était pâle et semblait anxieuse. Il était toutefois indéniable que c'était quelqu'un de riche. Toni avait remarqué le sac en crocodile et les chaussures assorties, l'écharpe en soie, la robe et le manteau, tous deux dans des tissus de la meilleure qualité. Il avait aussi aperçu autour de son cou le reflet d'une chaîne en or, ainsi que la superbe montre qu'elle portait au poignet. Elle ne manquait pas d'argent, sans aucun doute, et s'il n'était plus dans son sac à main, il existait bien quelque part. On n'était qu'en mars et il n'y avait pas encore assez de clients pour qu'il se permette de refuser une bonne course. Et puis, cette jeune femme, cette jeune *inglesa*, n'avait vraiment pas l'air capable de tromper quiconque.

Il se décida.

– D'accord, dit-il enfin. Allons-y.

4

Comme si sa propre mansuétude l'avait adouci, Toni se mit à parler abondamment.

– San Antonio, vous voyez, il y a encore cinq ans, ce n'était qu'une île très pauvre. Les communications avec le continent étaient rares... seulement un petit bateau deux fois par semaine. Mais maintenant nous avons un aéroport et les touristes viennent. Il y a beaucoup de monde en été... Les choses s'arrangent.

Selina songeait que la première chose que l'on devrait arranger, c'était le revêtement des routes. Celle sur laquelle ils roulaient rappelait une piste défoncée, creusée d'ornières. Le taxi de Toni, une vieille Olds mobile, était secoué comme un navire par gros temps. La route ne cessait de tourner entre des murets de pierres sèches, à travers un paysage de petites fermes et d'enclos. Une terre pauvre et caillouteuse entourait des bâtiments trapus qu'un soleil brûlant avait décolorés jusqu'à leur donner une teinte uniforme de sable clair. Les femmes qui travaillaient dans les champs portaient des robes noires tombant jusqu'aux chevilles, et leurs têtes étaient couvertes de foulards noirs. Des hommes en bleus délavés labouraient cette terre ingrate ; d'autres, plus loin, cahotaient dans des charrettes en bois tirées par deux mules. On apercevait des troupeaux de chèvres et une maigre volaille à l'ombre des poulaillers. Tous les kilomètres environ, un cheval portant des œillères tournait inlassablement autour d'un puits et une roue déversait des seaux remplis d'eau dans les canaux d'irrigation.

– Mais vous avez eu de la pluie cette nuit ? demanda Selina après avoir remarqué cette scène.

– La première depuis des mois. Nous manquons d'eau, ici. Il n'y a pas de rivière, seulement des sources. Et puis, le soleil chauffe et la terre sèche vite.

– Nous avons subi un orage la nuit dernière, sur les Pyrénées.

– Le temps a été mauvais en Méditerranée ces derniers temps.

– C'est toujours comme ça en mars ?

– Non, il peut faire très chaud certaines années.

Et, comme pour confirmer ses dires, le soleil choisit ce moment-là pour filtrer entre les nuages et répandre sa lumière dorée sur tout le paysage.

– Là-bas, poursuivit Toni, c'est la ville de San Antonio. La cathédrale en haut de la colline est très vieille. Elle est fortifiée.

– Fortifiée ?

– Contre les invasions. Les Phéniciens, les pirates et enfin les Maures. Les Maures ont occupé San Antonio pendant des siècles.

La ville s'étendait comme une frise le long d'un fond de mer. On discernait un entassement de maisons blanches surplombées par les tours et les flèches de la cathédrale.

– Nous ne passons pas par San Antonio ?

– Non, nous sommes sur la route de Cala Fuerte. (Après un moment de silence, il ajouta :) Vous n'êtes jamais venue sur cette île ? Et pourtant c'est là que vit votre père ?

Selina suivait des yeux le lent cheminement des ailes d'un moulin à vent.

– Non, je n'y suis jamais venue.

– Vous aimerez Cala Fuerte. C'est petit mais très beau. Beaucoup de navigateurs s'y arrêtent.

– Mon père fait du bateau, dit-elle, et ces mots qu'elle avait prononcés sans y penser la surprirent, comme si le fait de les avoir dits rendait les choses plus vraies, plus réelles. *Mon père habite à Cala Fuerte. Dans une maison qui s'appelle la Casa Barco et il fait du bateau.*

Les nuages continuaient de s'effilocher, percés par le soleil. Ils furent enfin chassés vers la mer et ils se regroupèrent, en grappes compactes et menaçantes, sur la ligne d'horizon. L'île était baignée de chaleur. Selina releva les manches de sa robe en jersey et baissa la vitre, laissant s'engouffrer dans la voiture un vent délicieusement parfumé. Ils traversèrent des petits villages et des bourgades aux maisons de pierres dorées. Les volets étaient clos et l'atmosphère d'un calme presque irréel. Les portes des maisons étaient ouvertes, protégées par des rideaux faits de chaînettes multicolores et, sur les trottoirs, de vieilles femmes étaient assises à bavarder ou à surveiller leurs petits-enfants. Leurs mains n'étaient jamais en repos, appliquées à un travail de broderie ou de dentelle.

Ils entrèrent dans Curamayor, une petite ville assoupie, aux maisons couleur de sable et aux rues étroites. Passant le dos de sa main sur sa bouche, Toni déclara qu'il avait soif.

Selina, ne sachant trop que répondre, préféra se taire.

– Un peu de bière ne me ferait pas de mal, insista-t-il.

– Je... je vous aurais bien offert une bière, mais je n'ai pas d'argent.

– C'est moi qui paye, fit Toni.

La ruelle s'élargit soudain sur une grande place pavée, avec une haute église et quelques boutiques à l'ombre d'une rangée d'arbres. Toni en fit lentement le tour jusqu'à ce qu'il ait trouvé un bar à sa convenance.

– Celui-là est parfait.

– Je... je vais vous attendre.

– Vous devriez prendre aussi quelque chose. Ce voyage est éprouvant. Je vous l'offre. (Elle tenta de protester, mais il l'interrompit.) Votre père me remboursera.

Elle s'installa au soleil devant une petite table en fer forgé. Derrière elle, à l'intérieur du bar, Toni bavardait avec le patron. Une bande de fillettes qui sortaient de l'école s'approcha. Elles étaient délicieuses à regarder avec leurs tabliers bleu marine et leurs chaussettes d'un blanc immaculé. Elles paraissaient plus jolies les unes que les autres avec leurs tresses noires et leurs boucles d'oreilles en or qui étincelaient sur leur peau mate. Quand elles souriaient, elles découvraient leurs petites dents blanches et pointues.

S'apercevant que Selina les regardait, elles se mirent

à glousser. Deux d'entre elles, les plus délurées, s'arrêtèrent en face de Selina et l'observèrent de leur regard sombre et plein de malice. Selina mourait d'envie de s'en faire des amies et, d'un mouvement impulsif, elle ouvrit son sac et en sortit un porte-mine orné d'un gland jaune et bleu. Elle le leur montra en les invitant à venir le prendre. Au début, les fillettes ne bougèrent pas, considérant la main qui se tendait vers elles d'un air timide. Puis, la plus petite, qui portait deux grosses nattes, avança le bout des doigts, comme si elle craignait d'être mordue, et s'empara vivement de l'objet. L'autre, dans un geste désarmant, posa sa main dans celle de Selina comme pour montrer qu'elle lui accordait sa confiance et son amitié. La main était douce et grassouillette, et portait un petit anneau d'or.

Toni réapparut entre les chaînettes du rideau avec sa bière et un jus d'orange pour Selina. Les gamines prirent peur et s'égayèrent comme des moineaux en emportant le porte-mine. Tandis que Selina les regardait s'enfuir avec enchantement, Toni murmura : « Ah ! ces gamines... » avec autant de fierté et d'affection dans la voix que s'il s'était agi de ses propres enfants.

Ils reprirent la voiture. Le caractère de l'île avait complètement changé. La route courait au bas des contreforts d'une montagne. Du côté de la mer, les champs s'étageaient en pentes douces et vallonnées qui se perdaient dans la brume de la ligne d'horizon. Ils roulaient depuis environ trois heures, lorsque Selina remarqua dans le ciel la silhouette d'une croix fichée tout en haut de la montagne qui leur faisait face.

– Qu'est-ce que c'est ? demanda-t-elle.

– La croix de San Estaban.

– Il n'y a rien d'autre que cette croix là-haut ?

– Si, il y a un très grand monastère. Des trappistes.

San Estaban s'étalait au pied de la montagne, à l'ombre du monastère. Au centre du village, Selina aperçut enfin, à la sortie d'un carrefour, le premier panneau indiquant la direction de Cala Fuerte. Toni tourna à droite et la route fila en pente devant eux à travers des champs de cactus et d'oliviers et des bosquets d'eucalyptus odorants. Plus loin, on distinguait la côte qui semblait couverte d'une épaisse forêt de pins. Ils approchaient de la ville et Selina entrevoyait les façades blanches de villas disséminées au milieu de jardins pleins de fleurs roses, bleues et écarlates.

– C'est Cala Fuerte ?

– Oui.

– Cela ne ressemble pas aux autres villages.

– Non, c'est une station balnéaire. Un endroit touristique. Beaucoup de gens ont leur maison de vacances ici, vous savez. Ils viennent en été de Madrid ou de Barcelone.

– Je vois.

Ils roulaient dans l'ombre fraîche de la pinède et l'odeur de résine était enivrante. Ils dépassèrent une ferme au poulailler caquetant, une première maison, une deuxième, un marchand de vin, puis la route déboucha sur une petite place bâtie autour d'un immense pin parasol. Il y avait une boutique, avec un éventaire de légumes disposé devant des vitrines où s'étalaient pêle-mêle espadrilles, pellicules, chapeaux de paille et cartes postales. De l'autre côté de la place s'élevait un grand bâtiment d'une blancheur aveuglante, dans un style mauresque fait de courbes et de coins d'ombre. Une terrasse pavée avec des tables et des chaises longeait la façade. Une pancarte se balançait au-dessus de la porte : HÔTEL CALA FUERTE.

Toni arrêta le taxi à l'ombre du pin et coupa le moteur. Tout redevint calme et Selina soupira. Il y avait sur la place comme un nuage de poussière en suspension.

– Nous sommes arrivés, dit-il. Voici Cala Fuerte.

Ils sortirent de la voiture et accueillirent avec plaisir la fraîcheur de la brise marine. Il y avait peu de monde alentour. Une femme sortit de la boutique pour prendre des pommes de terre dans un carton et les mettre dans un sac en papier. Quelques gamins jouaient avec un chien. Deux touristes vêtus de cardigans tricotés main, des Anglais sans aucun doute, étaient assis à la terrasse de l'hôtel à noircir consciencieusement des cartes postales. Ils levèrent les yeux et remarquèrent Selina. Reconnaissant en elle une compatriote, ils détournèrent vivement leur regard.

Selina et Toni pénétrèrent dans l'hôtel, Toni ouvrant la marche. Derrière le sempiternel rideau de chaînettes se trouvaient un bar, très frais et très propre, avec de gros tapis de laine sur le sol et un vieil escalier rustique en bois qui menait aux étages supérieurs. Sous l'escalier, une autre porte s'ouvrait sur l'arrière de l'hôtel. Une femme très brune, en chignon, armée d'un balai, s'acharnait placidement à traquer la poussière d'un bout à l'autre de la pièce.

Elle se retourna et sourit.

– *Buenos días.*

– *Dónde está el proprietario ?*

– *Momento,* répondit la femme en reposant son balai. Elle disparut d'un pas sautillant. La porte se referma bruyamment derrière elle. Toni alla se percher sur l'un des hauts tabourets alignés devant le bar. Un moment plus tard, la porte s'ouvrit à nouveau et un homme apparut. Il était de petite taille, assez jeune et barbu. Il portait une chemise blanche et un pantalon noir sur des espadrilles bleues.

– *Buenos días,* dit-il, son regard allant de Toni à Selina.

– Parlez-vous anglais ? demanda-t-elle vivement.

– *Si, señorita.*

– Je suis désolée de vous importuner, mais je recherche quelqu'un. M. George Dyer.

– Ah oui ?

– Vous le connaissez ?

Il sourit et écarta les bras.

– Bien sûr. Vous cherchez George ? Est-ce qu'il sait que vous voulez le voir ?

– J'en doute.

– Tout dépend si vous l'avez prévenu.

– Je veux lui faire une surprise, dit Selina en essayant de faire croire à quelque plaisanterie.

L'homme semblait intrigué.

– D'où venez-vous ?

– De Londres. Je suis arrivée ce matin à l'aéroport de San Antonio et j'ai pris un taxi pour venir jusqu'ici.

Elle fit un geste en direction de Toni qui écoutait avec

une expression maussade comme s'il n'appréciait pas de voir la situation lui échapper.

– Monsieur est chauffeur de taxi, ajouta-t-elle. C'est lui qui m'a conduite ici.

– Je n'ai pas vu George depuis hier. Il était parti pour San Antonio.

– Et nous qui venons justement de là-bas...

– Il a dû rentrer chez lui, à l'heure qu'il est. Mais je n'en suis pas certain. Je ne l'ai pas vu revenir. (Il sourit.) Avec la voiture qu'il a, on sait quand il part mais pas quand il revient.

Toni s'éclaircit la voix et se pencha en avant.

– Où pouvons-nous le trouver ? dit-il.

L'homme barbu haussa les épaules.

– S'il est à Cala Fuerte, vous le trouverez à la Casa Barco.

– Et comment faire pour y aller ? (L'autre fronça les sourcils et Toni, devinant son léger mouvement de retrait ajouta :) Nous devons trouver le *señor* Dyer, sinon, je ne serai pas payé pour ma course. La *señorita* n'a pas d'argent...

Selina déglutit.

– Oui... oui, c'est vrai, malheureusement. Pourriez-vous nous indiquer la direction de la Casa Barco ?

– C'est trop compliqué. Vous ne trouverez pas seuls. Mais, ajouta-t-il, je peux demander à quelqu'un de vous y conduire.

– C'est très gentil à vous. Merci beaucoup, monsieur... Je suis navrée, mais je ne connais pas votre nom.

– Rudolfo. Pas monsieur quelque chose. Rudolfo, c'est

tout. Si vous voulez bien patienter ici, je vais voir ce que je peux faire.

Il sortit sur la place qu'il traversa en direction de la boutique. Toni pivota sur le tabouret, ses cuisses énormes débordant des deux côtés du siège. Son humeur était visiblement en train de s'assombrir. Selina commençait à se sentir nerveuse. Elle essaya de le calmer :

– C'est très ennuyeux, tous ces contretemps, alors que vous avez été si gentil...

– Nous ne savons même pas si le *señor* Dyer sera à la Casa Barco. Ils ne l'ont pas vu rentrer de San Antonio.

– Eh bien, dans ce cas, nous pourrons toujours attendre un peu...

Ce n'était pas exactement la bonne chose à dire.

– Je ne peux pas attendre. Je travaille, *señorita.* Le temps, c'est de l'argent, pour moi.

– Oui, bien sûr, je comprends.

Il grommela quelque chose qui devait signifier qu'il doutait fort qu'elle puisse comprendre et il lui tourna le dos à moitié, comme un écolier boudeur qui aurait grandi trop vite. Selina fut soulagée de voir Rudolfo revenir. Il s'était arrangé pour que le fils de l'épicière les emmène à la Casa Barco. Le garçon avait une importante livraison à faire pour le *señor* Dyer et il était justement sur le point de partir. S'ils le souhaitaient, il leur suffirait de suivre son vélo.

– Oui, bien sûr, c'est une excellente idée, s'écria Selina, avant de se tourner vers Toni et d'ajouter, avec une assurance qu'elle était loin de posséder : Nous pourrons régler votre course et il ne vous restera plus qu'à retourner directement à San Antonio.

Toni n'avait pas l'air convaincu, mais il se souleva du tabouret et suivit Selina sur la place. Un gamin maigrelet patientait sur son vélo, à côté du taxi. Le porte-bagages croulait sous deux de ces énormes paniers qu'utilisent les paysans espagnols. Ils étaient bourrés de paquets de toutes formes et de toutes tailles. On devinait le bout de longues baguettes de pain, une botte d'oignons et le goulot d'une bouteille.

– Voici Tomeu, dit Rudolfo, le fils de Maria. Il va vous guider.

Tomeu s'élança comme un poisson pilote et dévala une route blanche qui suivait les méandres de la côte. L'île était percée de criques profondes, aussi bleues que la gorge d'un paon. Par-dessus les rochers, on apercevait de ravissantes villas blanches, des petits jardins fleuris, des terrasses qui appelaient aux bains de soleil, et des plongeoirs.

– Je ne détesterais pas vivre ici, dit Selina, mais l'humeur de Toni se détériorait rapidement et il ne prit pas la peine de répondre.

La route n'était déjà plus une route, à peine un sentier qui longeait les murs des jardins, couverts de chrysanthèmes. Il y eut une petite montée, puis le chemin redescendit de nouveau jusqu'à rejoindre une crique plus large que celles qu'ils avaient passées. Quelques bateaux de pêche s'abritaient dans un port minuscule et d'assez gros yachts étaient amarrés en eau profonde.

Le sentier longeait l'arrière des maisons. Tomeu, qui avait pris de l'avance, les attendait. Quand il vit le taxi apparaître en haut de la côte, il descendit de sa bicyclette qu'il posa contre un mur et commença de vider les paniers.

– Ce doit être la maison, s'exclama Selina.

Elle ne paraissait pas grande. Le mur de derrière, blanchi à la chaux, était en plein soleil ; seules une petite fenêtre entrouverte et une porte fermée bénéficiaient de l'ombre d'un grand pin noir. La route bifurquait après la maison et se perdait à droite et à gauche, conduisant à d'autres villas. Ici et là, entre deux maisons, de minuscules escaliers de pierre descendaient vers la mer. L'ensemble était plaisant à voir, comme construit au petit bonheur, avec du linge qui battait aux fenêtres et des filets de pêche qui séchaient au soleil. Quelques chats squelettiques étaient assis, dans des coins d'ombre, occupés à se pourlécher.

Le taxi parcourut les derniers mètres du sentier cahotant et étroit. Toni ne cessait de maugréer. Il n'aurait pas assez de place pour faire demi-tour. Sa voiture n'était pas faite pour de si mauvaises routes et il déposerait plainte si la peinture de son taxi était éraflée.

Selina écoutait à peine. Tomeu avait ouvert la porte verte et avait disparu dans la maison, ployant sous les paquets. Le taxi s'arrêta dans un dernier soubresaut. Selina bondit de son siège.

– Je vais faire demi-tour plus loin et je reviens pour mon argent, lança Toni.

– C'est ça, répondit Selina d'une voix absente, les yeux braqués sur la porte ouverte. Oui, très bien. Faites comme ça.

Il accéléra si brutalement qu'elle dut faire un bond de

côté pour ne pas se faire écraser. Quand il eut disparu, elle traversa l'allée et s'avança, sous l'ombre du pin, jusqu'à la porte ouverte de la Casa Barco.

Elle avait imaginé une petite maison, mais elle se retrouva dans une vaste pièce haute de plafond. Les volets étaient clos et il faisait sombre et frais. Une petite cuisine américaine était séparée du reste de la pièce par un bar derrière lequel elle trouva Tomeu, accroupi, en train de ranger les provisions dans le réfrigérateur.

Le garçon releva la tête et sourit quand Selina se pencha au-dessus du bar.

– Où est le *señor* Dyer ? demanda-t-elle.

– *No aquí,* fit-il en secouant la tête.

No aquí. Pas ici. Son cœur sombrait. Il n'était pas rentré de San Antonio et, maintenant, elle allait devoir affronter Toni, le couvrir d'excuses et le supplier d'être patient... alors qu'aucun d'entre eux ne savait combien de temps il leur faudrait attendre.

Tomeu lui adressa la parole. Selina le dévisagea sans comprendre. Pour montrer ce qu'il voulait dire, il sortit de la petite cuisine et se dirigea vers le mur opposé. Il s'approcha des volets et se mit à les ouvrir. Une explosion de lumière et de soleil envahit la pièce et tous les objets retrouvèrent leur couleur. Le mur exposé au sud, qui faisait face au port, était presque entièrement constitué d'une baie vitrée, et une double porte à persiennes s'ouvrait sur une terrasse qu'un auvent en bambou ombrageait. Au-delà d'un muret sur lequel étaient posées de vieilles jarres et des urnes défoncées qui contenaient des géraniums, on distinguait le scintillement bleu de la mer.

La maison elle-même était agencée d'une façon singulière. Il n'y avait pas de cloisons intérieures, mais le plafond plus bas de la cuisine supportait une mezzanine à balustrade en bois, à laquelle on accédait par une volée de marches étroites et raides comme on en trouve dans les bateaux. Au-dessous, une porte menait à une minuscule salle de bains. Là, une ouverture creusée en haut du mur fournissait la lumière et la ventilation. On y trouvait un lavabo, les toilettes et une douche des plus primitives. Une étagère surmontée d'un miroir supportait divers flacons et une brosse à dents. Un tapis de bain de forme arrondie couvrait la presque totalité du sol.

Le reste de l'espace était occupé par un salon assez grandiose, d'un charme singulier, avec ses murs blanchis à la chaux, son sol de pierre recouvert de petits tapis aux couleurs vives. Il y avait, dans un coin de la pièce, une cheminée en angle, pleine encore de cendres parfumées qui semblaient prêtes à renaître au moindre souffle d'air. L'âtre était à une cinquantaine de centimètres du sol, juste à la même hauteur qu'une confortable banquette qui courait le long du mur de part et d'autre de la cheminée, et sur laquelle étaient éparpillés des coussins et des tapis, des piles de livres, une lampe, des bouts de cordage sur le point d'être épissés, un amoncellement de papiers et de magazines et un carton rempli de bouteilles vides.

En face de la cheminée, tournant le dos à la terrasse et à la mer, s'étalait un immense canapé défoncé qui pouvait facilement accueillir six personnes. Il était vaguement recouvert d'un tissu bleu délavé et l'un de ses accoudoirs disparaissait sous une couverture rayée rouge et blanc. Dans un autre endroit de la pièce judicieusement choisi pour recevoir la lumière, était installé un bureau vétuste, de médiocre facture, où l'on voyait pêle-mêle divers papiers, une machine à écrire, une boîte qui semblait contenir des liasses de lettres non ouvertes, et dans un coin, une paire de jumelles. Une feuille de papier était engagée dans la machine et Selina ne put s'empêcher d'y jeter un œil.

« Le nouveau roman de George Dyer, lut-elle. Un renard paresseux traqué par une meute. »

Ce court texte était suivi de plusieurs points d'exclamation.

Elle fit la moue. Autant pour les espoirs de M. Rutland !

Il y avait un puits entre la cuisine et la porte, avec un crochet en fer forgé pour accrocher le seau fixé sous une grande étagère qui supportait un cactus. Selina baissa les yeux et elle aperçut le reflet sombre de l'eau. Elle lui sembla délicieuse et fraîche et Selina se demanda si cette eau était potable. Puis elle se souvint des recommandations de sa grand-mère : ne jamais boire d'eau à l'étranger qui n'ait été bouillie au préalable. Ce n'était vraiment pas le moment de risquer d'attraper une quelconque maladie.

Elle s'éloigna du puits, revint se placer au milieu de la pièce, et leva les yeux vers la mezzanine. La tentation de poursuivre son inspection était irrésistible. Elle céda et grimpa à l'étage. Elle découvrit une chambre sous un toit en pente avec un immense lit au bois sculpté (comment avait-on pu le transporter là ?) placé sous la partie du toit la plus haute. Il ne restait guère de place pour d'autres meubles. Une paire de vieux coffres de marine étaient coincés contre le mur bas et un renflement fermé par un rideau signalait l'emplacement d'une garde-robe. Il y avait aussi un petit meuble orange, qui faisait office de table de nuit et dont les étagères étaient garnies de livres. Dessus, étaient posés une lampe, un transistor et un chronomètre de navigation.

Tomeu cria depuis la terrasse :

– *Señorita !*

Selina redescendit pour le rejoindre.

Le garçon était assis sur le muret, en compagnie d'un énorme chat persan blanc. Il sourit à Selina en prenant le chat entre ses bras et en faisant mine de le passer à la jeune femme.

– *Señor* Dyer, dit-il en désignant le chat d'un mouvement du menton.

L'animal eut un miaulement pathétique et, après une courte lutte, s'échappa des bras du garçon pour rejoindre avec infiniment de dignité un coin ensoleillé de la terrasse. Fascinée, Selina le regarda enrouler sa queue autour de ses pattes de devant.

– Il est très gros, fit Selina. (Tomeu fronça les sourcils.) Gros, reprit-elle en écartant les bras jusqu'à représenter la taille d'un tigre. Gros !

Tomeu éclata de rire.

– *Si, muy grande.*

– C'est le chat du *señor* Dyer ?

– *Si. Señor* Dyer.

Selina s'approcha du garçon et se pencha par-dessus le muret. Elle découvrit un petit jardin en triangle, très rocailleux, au milieu duquel se dressaient deux oliviers au tronc noueux. Selina comprit que, comme pour toutes les maisons bâties à flanc de coteau, le terrain de la Casa Barco s'étageait et que la terrasse était en fait le toit d'une remise à bateaux, d'où partait un court chemin de halage qui descendait jusqu'à la mer. Une volée de marches permettait d'atteindre le niveau inférieur depuis la terrasse. Selina aperçut, à l'ombre de l'escalier, deux hommes accroupis qui vidaient des poissons. Leurs couteaux tranchaient la chair avec précision et les lames étincelaient au soleil. Ils rincèrent les poissons dans la mer et l'eau calme, couleur de jade, s'agita et prit une teinte sombre. Tomeu se pencha pour ramasser une pierre qu'il lança en direction des pêcheurs. Deux visages aux traits taillés à la serpe se retournèrent et, apercevant Tomeu, se mirent à sourire.

– *Hombre,* Tomeu.

Le garçon avait dû rétorquer quelque impertinence, car les deux hommes éclatèrent de rire avant de se remettre à leur tâche. Sous les doigts de Selina, la pierre du muret était chaude et elle s'aperçut qu'un peu de chaux avait taché sa robe, comme la craie d'un tableau noir. Elle s'assit sur le mur, le dos à la mer, et observa la corde à linge, tendue entre deux crochets, qui supportait une rangée de vêtements secs et chiffonnés ; une chemise de travail bleue délavée, un maillot de bain, quelques pantalons de coutil blanc rapiécés aux genoux, et une paire de vieilles chaussures de tennis usées jusqu'à la corde, suspendues par leurs lacets. Sur la terrasse étaient aussi disposés quelques meubles, bien différents de ceux que l'on peut admirer dans les revues de décoration : une vieille chaise branlante en osier, une table en bois dont la peinture s'écaillait, une chaise longue qui semblait menacer de s'effondrer à la première occasion. Selina aurait tant voulu pouvoir s'exprimer en espagnol et bavarder avec ce petit Tomeu qui se montrait si amical ! Elle aurait aimé pouvoir l'interroger sur le *señor* Dyer. Quelle sorte d'homme était-il ? Lequel des yachts était le sien ? Quand pensait-il qu'il serait de retour ? Mais avant même d'avoir pu essayer de communiquer avec le garçon, elle entendit une série de pétarades lui indiquant que le taxi de Toni était là. Son sang ne fit qu'un tour. Le crissement des freins, le grondement du moteur qui cesse, un bruit de pas qui résonnent... et Toni apparut plus mal embouché et plus terrible à voir que jamais. Selina ferma les yeux. « Après tout, il ne va pas me manger », se dit-elle.

– Le *señor* Dyer n'est pas rentré, lança-t-elle fermement.

Toni accueillit cette information dans un silence glacial. Puis il sortit un cure-dents et se mit à fourrager dans sa bouche édentée. Il essuya le cure-dents contre son pantalon et le replaça dans sa poche.

– Alors, qu'est-ce que nous allons faire, bon Dieu ? s'exclama-t-il.

– Je vais attendre ici. Il ne devrait pas tarder. Quant à vous, vous pouvez soit attendre avec moi, soit me laisser votre nom et votre adresse et retourner à San Antonio. Dans tous les cas, vous serez payé.

Elle s'était inconsciemment mise à parler sur le même ton que sa grand-mère et, à sa plus grande surprise, cela fit son effet. Toni se résigna sans protester davantage.

– Je vais attendre aussi, déclara-t-il enfin. Mais pas ici. A l'hôtel.

Il y avait du cognac à l'hôtel et il pourrait faire la sieste dans son taxi, à l'ombre du grand arbre. Il était déjà deux heures et demie et il n'aimait pas être éveillé à pareille heure.

– Quand le *señor* Dyer sera là, poursuivit-il, venez me prévenir.

Selina se serait bien volontiers jetée à son cou de soulagement, mais elle se contenta d'un :

– Très bien. Je n'y manquerai pas. (Avant d'ajouter, devant son air découragé :) Je suis navrée de ce qui est arrivé, mais vous ne devez pas vous inquiéter.

Toni haussa brutalement les épaules, soupira et retourna à sa voiture. On l'entendit démarrer et remonter la côte en direction de l'hôtel *Cala Fuerte*. « Pauvre Rudolfo ! » se dit Selina avant de rejoindre Tomeu.

– Je reste ici, lui annonça-t-elle.

Le gamin fronça les sourcils.

– *Usted aquí.*

– Oui. Ici.

Elle pointa son doigt vers le sol. Tomeu sourit. Il semblait avoir compris et s'en fut récupérer ses sacs vides.

– Au revoir, Tomeu. Et merci.

– *Adiós, señorita.*

Il sortit. Selina se retrouva seule. Elle alla sur la terrasse et essaya de se persuader qu'elle était ici à attendre son père, mais cela paraissait encore incroyable. Elle se demanda s'il devinerait de lui-même qui elle était. Et sinon, comment s'y prendrait-elle pour le lui annoncer ?

Il faisait très chaud, maintenant. Le soleil tapait sur la

terrasse pourtant abritée du soleil, et elle ne se souvenait pas d'avoir connu une telle chaleur. Ses bas de nylon et ses chaussures en croco, sans parler de sa robe en laine, lui semblèrent, tout à coup, dépasser la limite du supportable. Dans cet environnement, toute sa tenue était inadaptée d'une façon qui confinait au grotesque.

Mais grand-mère ne supportait pas les jambes nues, même avec une robe d'été, ni l'absence de gants, qu'elle considérait comme essentiels. « On peut juger une lady d'après ses gants. Quant à ces filles à l'aspect douteux qui se promènent sans chapeau... »

Mais grand-mère était morte. Aimée, pleurée, mais indéniablement morte. Sa voix s'était éteinte et ses opinions dogmatiques avec elle. Selina était seule, dans la maison de son père, à un monde de distance de Queen's Gate. Elle était seule et décidée à faire ce qui lui plaisait. Elle entra dans la maison, fit glisser ses collants, se débarrassa de ses chaussures. Elle n'avait plus chaud et se sentait délicieusement libre. Elle partit à la recherche de quelque chose à grignoter. Il y avait du beurre dans le réfrigérateur et elle en étala une couche sur une tranche de pain. Elle prit aussi une tomate et une bouteille d'eau minérale. Elle pique-niqua sur la terrasse, perchée sur le muret à contempler les bateaux se balancer dans le port. Peu après, elle commença à avoir sommeil, mais elle ne voulait pas que son père la trouve endormie. Il fallait qu'elle s'asseye sur quelque chose de dur et d'inconfortable pour demeurer éveillée.

Finalement, elle décida de s'asseoir sur la dernière marche de l'escalier qui menait à la mezzanine. Un moment plus tard, le monstrueux chat blanc fit son apparition et vint s'installer sur ses genoux, dans un concert peu ordinaire de ronronnements et d'étirements langoureux.

Les aiguilles de sa montre tournaient lentement.

5

– Je ne comprends pas pourquoi tu dois partir, murmura Frances Dongen.

– Je te l'ai dit, il faut que j'aille nourrir Pearl.

– Pearl peut très bien se nourrir elle-même. Il y a assez de poissons morts autour de ta maison pour gaver une armée de chats. Reste une autre nuit, chéri.

– Ce n'est pas seulement Pearl... Il y a aussi *L'Éclipse*...

– C'est un bateau solide qui résiste à toutes les tempêtes.

– Je n'en suis pas si certain... et puis le mauvais temps est de retour...

– Très bien, soupira Frances en prenant une nouvelle cigarette. Dans ce cas, il vaut mieux que tu partes.

Sa mère lui avait dit, il y avait des années de cela, quand elle était encore une jeune fille de Cincinnati, dans l'Ohio, que le meilleur moyen de retenir un homme était de lui laisser, au moins, l'impression d'être libre. Non qu'elle en fût déjà au stade de retenir George Dyer ; elle venait à peine de mettre la main sur lui. Mais elle n'avait pas l'intention de le perdre et, pour cela, elle était décidée à prendre son temps.

Elle était assise sur la petite terrasse de sa maison, nichée sur les hauteurs de la vieille ville de San Antonio, à quelques centaines de mètres de la cathédrale. A ses pieds se déployait le spectacle d'un labyrinthe de petites rues pavées, de maisons hautes et étroites, entre lesquelles pendait sans fin du linge multicolore agité par le vent. Au-delà s'élevaient les murailles des anciennes fortifications. Au pied de ces murailles s'étendait la ville nouvelle, avec ses rues larges et ses squares plantés d'arbres qui menaient au port. On distinguait des goélettes, des yachts éclatants de blancheur avec leurs grands mâts et ce paquebot qui, chaque semaine, venait de Barcelone.

Elle ne se lassait pas de ce lieu délectable où elle vivait depuis deux ans... depuis ce jour où elle était arrivée là, un peu par hasard, sur le yacht de riches amis américains. Après six semaines, leur compagnie avait perdu tout intérêt. Elle mourait d'ennui. Quand ils étaient tous descendus à terre pour passer une soirée en ville, elle n'était pas retournée sur le bateau. Après trois jours de débauche, elle s'était réveillée dans un lit qu'elle ne connaissait pas, avec une gueule de bois monumentale. Le yacht et tous ses occupants étaient repartis sans elle.

Frances n'en fut pas troublée pour autant. Elle s'était déjà fait un certain nombre d'amis et elle était riche, deux fois divorcée, et sans attaches. San Antonio lui convenait parfaitement. La ville était un repaire de peintres, d'expatriés, d'écrivains et de beatniks, et Frances, qui avait vécu plusieurs mois avec un artiste obscur de Greenwich Village, ne se sentit pas dépaysée. Très vite, elle avait trouvé une maison et, quand les travaux habituels d'installation et de décoration furent terminés, elle se prit à songer au moyen d'occuper son temps. Elle décida d'ouvrir une galerie d'art. Dans une ville où l'on trouvait à la fois des peintres résidents et des touristes de passage, une belle galerie pouvait être un remarquable investissement. Elle dénicha, sur le port, un bâtiment désaffecté qui avait jadis abrité un marché aux poissons, le transforma et se mit à gérer son affaire avec une perspicacité héritée non seulement de son père, mais aussi de ses deux ex-maris.

Elle n'était pas loin d'avoir quarante ans, mais semblait avoir été épargnée par l'empreinte des années. Grande, très mince, bronzée, avec une chevelure blonde aux mèches rebelles, elle portait, avec grâce et naturel, ce genre de vêtements qui sont d'habitude réservés aux adolescents : pantalons étroits et chemises d'homme, espadrilles et bikinis qui n'étaient rien de plus qu'une paire de mouchoirs noués entre eux. Elle fumait cigarette sur cigarette et buvait beaucoup trop. La plupart du temps – et ce matin-là en particulier –, elle trouvait la vie aussi agréable que possible.

La réception qu'elle avait donnée la nuit dernière en l'honneur de la première exposition des œuvres d'Olaf Svensen avait connu un franc succès. Olaf était le jeune homme le plus sale qu'on ait jamais vu, même d'après les critères locaux, avec une barbe scrofuleuse et des ongles de pied qu'il était pratiquement impossible de regarder sans haut-le-cœur. Seulement, ses sculptures marquées par le pop'art ne pouvaient pas laisser indifférent et Frances prenait un certain plaisir à choquer son public. George Dyer avait bien sûr été invité à cette soirée – depuis la publication de son livre, il était devenu une sorte de célébrité –, mais rien n'assurait qu'il viendrait. Quand elle l'avait aperçu qui se faufilait au milieu de la foule, dans la grande pièce enfumée, Frances avait senti son cœur bondir de joie. Il lui expliqua qu'il était venu à San Antonio pour acheter du matériel pour son bateau. Quand elle entendit ses commentaires sur les œuvres d'Olaf, elle comprit qu'il était essentiellement là pour le bar et le buffet. Mais peu lui importait. Il était là et, qui plus est, il resterait jusqu'à la fin de la réception et la raccompagnerait chez elle. Elle le connaissait depuis un an environ. Au printemps dernier, elle s'était rendue à Cala Fuerte pour examiner le travail d'un jeune peintre français qui vivait là. Ils s'étaient inévitablement retrouvés au bar de Rudolfo où le peintre s'était mis à écluser Martini sur Martini. Quand George Dyer était entré, elle avait abandonné le Français qui dormait la tête sur la table. Ils avaient commencé à bavarder, puis ils avaient déjeuné ensemble et ils étaient encore à siroter leur café à six heures du soir, heure à laquelle il est de mise de prendre l'apéritif.

Il venait généralement une fois par semaine à San Antonio, pour prendre son courrier au yacht-club, aller à la banque et acheter des fournitures pour son bateau. Il rejoignait toujours Frances pour dîner ou pour participer à l'une des nombreuses fêtes qui se donnaient dans les bars du front de mer. Frances se sentait violemment attirée par lui, bien plus, elle le savait, qu'il ne l'était par elle... mais cela le rendait encore plus désirable. Elle devenait jalouse, aussi, de ses autres centres d'intérêt, de tout ce qui pouvait l'éloigner d'elle. Son travail d'écrivain, son yacht, mais surtout cette existence indépendante qu'il menait à Cala Fuerte. Elle aurait voulu qu'il ait besoin d'elle, mais il semblait n'avoir besoin de rien ni de personne. L'argent qu'elle possédait ne l'impressionnait pas. Ce qu'il aimait chez elle, c'était son côté un peu masculin et son sens de l'humour. Elle l'épiait du coin de l'œil et songeait avec satisfaction que c'était le premier homme véritable qu'elle ait rencontré depuis des années.

Il se préparait à partir, regroupant ses achats dans un panier. La contemplation des mains bronzées, occupées à cette simple tâche, provoqua chez Frances un intense désir physique.

– Tu n'as rien mangé, dit-elle, espérant le retenir encore un peu.

– Je prendrai quelque chose à la maison.

A la maison. Elle aurait tant aimé que ce fût ici, sa maison.

– Un verre avant de partir ? insista-t-elle.

Il éclata de rire et releva sur elle ses yeux malicieux.

– Écoute, ma belle, j'ai trois heures de trajet.

– Un verre ne te tuera pas.

Elle-même en aurait volontiers pris un.

– Non, mais un bon gros camion pourrait y parvenir, si jamais je m'endormais.

Il avait fini de remplir le panier.

– Je dois partir, dit-il en se redressant.

Frances se leva, se pencha pour écraser sa cigarette et s'approcha pour l'aider. Il se chargea de la lourde caisse qui contenait une hélice de rechange et elle prit les anses du panier. Ils descendirent l'escalier en pierre qui menait à un jardin clôturé par un mur. Un citronnier poussait près d'un puits. Elle poussa le lourd portail à double battant qui ouvrait sur une ruelle étroite et ils se retrouvèrent en plein soleil. Là, à mi-côte, était garée l'extravagante voiture de George, une vieille Morris Cowley, avec ses roues jaunes et son capot qui évoquait un landau de bébé. Ils chargèrent les paquets et George se retourna pour lui dire au revoir.

– Nous nous sommes bien amusés, dit-il.

– Parce que nous n'avions rien programmé, chéri. Comment dire ? Les joies de l'imprévu.

Elle l'embrassa sur la bouche. Elle était si grande qu'elle n'avait pas à se hisser pour être à la hauteur de George. Elle s'était approchée de lui et l'avait pris par surprise. Elle portait un rouge à lèvres épais et brillant qui s'imprima sur la bouche de George. Il avait un goût sucré. Quand elle s'écarta, George s'essuya la bouche du revers de la main.

Il entra dans la voiture.

– Au revoir, chéri.

– Bye, Frances.

– Bye.

Elle retira la pierre coincée sous la roue avant et George desserra le frein à main. Il partit en roue libre, prenant dans la descente une vitesse de plus en plus terrifiante, négociant les virages des rues étroites et escarpées de la vieille ville comme sur un toboggan de fête foraine, dispersant chats et poulets, et déboulant à la porte de la muraille sous les yeux des officiers de la

Guardia civil qui émirent un claquement de langue désapprobateur.

Il fonça jusqu'à Cala Fuerte, le long des routes poussiéreuses et des champs soigneusement entretenus, il passa devant les moulins à vent et devant les chevaux qui faisaient patiemment tourner les roues à aube. Il atteignit la route venteuse qui longe les montagnes et il aperçut la croix de San Estaban au-dessus de lui. Il plissa les yeux en direction de la mer pour déceler les signes du retour de la tempête. Et il songea à Frances... Il songea qu'il pourrait s'installer à San Antonio auprès d'elle, ne serait-ce que pour avoir le plaisir d'écrire à Rutland, son éditeur, d'aller au diable, qu'il n'avait pas l'intention d'écrire d'autres livres, qu'il allait devenir chercheur d'épaves, qu'il allait s'offrir à une riche Américaine.

A San Estaban, la sieste était terminée et l'on avait rouvert les volets. Quelques clients étaient paisiblement attablés à la terrasse des cafés. Quand George passa devant eux en klaxonnant, ils lui répondirent par un « *Hombre !* » accompagné d'un signe de la main. Ils le connaissaient tous, sinon de nom, du moins de vue. Il était ce fou d'Anglais dans sa petite voiture à roues jaunes qui sillonnait les chemins de l'île avec sa casquette de yachtman et qui, de temps en temps, écrivait des livres.

En descendant en roue libre la dernière portion de route qui menait à Cala Fuerte, il se demanda s'il ne s'arrêterait pas chez Rudolfo pour prendre un verre. A sa propre surprise, il choisit de ne pas le faire. Il y rencontrerait des amis, resterait plus tard qu'il n'en avait l'intention et boirait plus que de mesure. Il s'inquiétait pour le temps et il devinait que Pearl aurait faim. En manière de compromis, il appuya joyeusement sur le klaxon en s'engageant sur la place et fit de grands gestes du bras à l'intention de tous ceux qui étaient assis à la terrasse du *Cala Fuerte*. Rudolfo n'était pas en vue, mais un ou deux habitués lui répondirent, et George se sentit envahi par la douce sensation d'être revenu chez lui. Il se mit à siffler.

Il sifflotait toujours lorsqu'il entra dans la maison. Selina, qui patientait sur son perchoir, avait entendu la voiture gravir la colline, dévaler la pente et s'arrêter devant la Casa Barco dans un hurlement strident de freins fatigués. Elle demeura sans bouger, le chat blanc, le gros, le très lourd chat blanc, endormi sur ses genoux. On coupa le moteur, et c'est alors qu'elle entendit quelqu'un siffler. La porte de la voiture se referma en claquant. Le sifflement continuait, plus fort maintenant. On poussa la porte de la Casa Barco et un homme entra.

Sa main droite portait un panier, une grosse caisse en bois était coincée sous son bras gauche et il tenait des journaux entre ses dents. Il referma la porte d'un coup de reins, posa le panier à terre, retira les journaux de sa bouche et les jeta dans le panier. Puis il transporta la caisse jusqu'à la table où il la déposa avec précaution près de la machine à écrire. Elle ne pouvait pas voir son visage qui était masqué par la visière brillante de sa vieille casquette de marin. Il avait ouvert le haut de la caisse dont il vérifiait maintenant le contenu après avoir éparpillé l'emballage de protection. Visiblement satisfait de son inspection, il ramassa les jumelles et disparut sur la terrasse. Selina demeurait assise sans bruit, sans oser bouger, mais elle sentit que le chat était en train de s'éveiller. Elle le caressa, pour calmer sa nervosité, mais aussi pour l'empêcher de s'éloigner. L'homme finit par rentrer dans la maison. Il reposa les jumelles et ôta sa casquette qu'il lança sur la table. Il avait des cheveux noirs, très épais, qui commençaient juste à grisonner. Sa chemise bleu délavé était de celles que portaient les fermiers de la région, son pantalon un jean kaki élimé et ses chaussures une paire d'espadrilles poussiéreuses. Sifflotant toujours, il alla vider le panier et disparut de nouveau de la vue de Selina. Elle l'entendit qui ouvrait la porte du réfrigérateur, puis elle perçut le bruit d'une bouteille qu'on débouche, le tintement d'un verre et le glouglou d'un liquide que l'on verse. Quand il réapparut, l'homme tenait à la main un gobelet d'eau gazeuse. Il s'avança vers la terrasse et appela : « Pearl ! » Le chat commença d'étirer ses pattes. « Pearley ! » L'homme se mit à imiter des baisers d'une séduction irrésistible. Le chat miaula. « Pearl ! » L'homme rentra dans la maison.

Selina fit passer sa langue sur ses lèvres, inspira un bon coup et dit :

– Vous cherchez votre chat ?

George Dyer se figea sur place. Il leva la tête et aperçut la jeune femme assise en haut des marches. Elle avait de longues jambes nues, et Pearl était étalée sur ses genoux comme un coussin de fourrure blanche.

Il fronça légèrement les sourcils comme s'il essayait de se souvenir de quelque chose.

– Vous étiez ici quand je suis entré ?

– Oui.

– Je ne vous ai pas vue.

– En effet, je m'en suis aperçue.

Il songea que la voix de la jeune femme avait une belle sonorité, parfaitement modulée.

– Votre chatte s'appelle Pearl ? poursuivit-elle.

– Oui, je suis rentré pour la nourrir.

– Elle est restée assise sur mes genoux tout l'après-midi.

– Tout l'après... Mais depuis quand êtes-vous ici ?

– Depuis deux heures et demie.

– Deux heures et demie. (Il jeta un regard à sa montre.) Mais il est plus de cinq heures.

– Je sais.

Pearl se décida à participer à la conversation en se relevant, s'étirant, produisant un nouveau miaulement plaintif avant de sauter avec légèreté des genoux de la jeune femme et de descendre les marches. Ronronnant comme une bouilloire, la chatte s'enroula autour des jambes de George mais, pour une fois, elle ne parvint pas à attirer son attention.

– Je suppose que vous êtes ici pour une raison bien précise ?

– Oh oui ! Je suis venue vous voir.

– Bon... Et si vous descendiez de là-haut ?

Elle obéit et se leva. Elle était visiblement ankylosée et elle descendit une marche à la fois, tout en essayant de ramener ses cheveux en arrière. Après Frances

Dongen et toutes les jeunes femmes bronzées de San Antonio, elle paraissait très pâle. Ses cheveux blond-roux tombaient sur ses épaules et formaient une frange au-dessus de ses sourcils. Ses yeux étaient bleus, marqués par la fatigue. Il songea qu'elle était trop jeune pour qu'il la trouve jolie.

– Je ne vous ai jamais vue, n'est-ce pas ? demanda-t-il.

– Non. Jamais. J'espère que vous ne m'en voulez pas d'avoir pénétré chez vous.

– Pas le moins du monde.

– La porte n'était pas verrouillée.

– Il n'y a pas de verrou.

Selina sourit, pensant que c'était peut-être une plaisanterie. Ce n'était pas le cas, apparemment, et son sourire se figea. Que dire à présent ? Elle avait inconsciemment espéré qu'il la reconnaisse, ou qu'il s'exclame : « Vous me rappelez quelqu'un ! » Un simple : « Je vous ai déjà vue quelque part, il y a bien longtemps » lui aurait amplement suffi, mais il ne disait rien. Son apparence même commençait à la déconcerter. Elle ne retrouvait pas chez lui le regard brillant ni la fraîcheur du jeune officier qu'avait été son père. Elle s'était attendue à ce qu'il soit très bronzé, mais elle n'avait pas prévu que son visage serait aussi marqué et ses yeux injectés de sang. Il n'était pas rasé. Une barbe de trois jours brouillait la ligne de sa mâchoire et dissimulait la fossette de son menton. Son aspect n'était vraiment pas engageant et, pour couronner le tout, il ne semblait guère ravi de la voir.

Elle avala sa salive.

– Je... je suppose que vous vous demandez ce que je fais ici.

– Eh bien oui, en effet, mais je ne doute pas que vous allez me renseigner.

– Je suis venue directement de Londres... en avion, ce matin... la nuit dernière, je veux dire... non, ce matin...

Il fut traversé par un pressentiment désagréable.

– C'est Rutland qui vous envoie ?

– Qui ? Oh, M. Rutland, l'éditeur. Non, ce n'est pas lui... il a seulement dit qu'il aimerait que vous répondiez à ses lettres.

– Le diable l'emporte ! (Il lui vint une autre idée :) Mais vous le connaissez donc ?

– En effet. Je suis allée le voir pour lui demander comment entrer en contact avec vous.

– Mais qui êtes-vous ?

– Mon nom est Selina Bruce.

– Je m'appelle George Dyer, mais je suppose que vous le savez.

– Oui, en effet...

Il y eut un nouveau silence. Malgré lui, George commençait à être intrigué.

– Vous n'êtes pas une admiratrice ? (Selina fit non de la tête.) Alors, vous êtes en villégiature à l'hôtel *Cala Fuerte* et vous avez lu mon livre ? (Elle secoua de nouveau la tête en signe de dénégation.) On dirait un jeu de devinettes, n'est-ce pas ? Êtes-vous connue ? Êtes-vous une actrice ? Est-ce que vous savez chanter ?

– Non, mais il fallait que je vous voie, parce que... (Son courage l'abandonna.) Parce que, reprit-elle, il faut que vous me prêtiez six cents pesetas.

George Dyer resta un instant bouche bée, puis il reposa hâtivement le verre d'eau gazeuse qu'il avait failli lâcher.

– Qu'avez-vous dit ?

– Pourriez-vous, fit Selina en détachant les syllabes comme si elle s'adressait à un sourd, pourriez-vous me prêter six cents pesetas ?

– Six cents ! (Il éclata de rire, d'un rire forcé.) Vous plaisantez.

– Je voudrais bien.

– Six cents pesetas. Je n'en ai pas même vingt.

– Mais il faut que je les trouve... pour payer le chauffeur de taxi.

George regarda autour de lui.

– Mais que vient faire ce chauffeur de taxi ?

– Il a bien fallu que j'emprunte un taxi pour venir de l'aéroport. J'ai dit au chauffeur que vous le payeriez parce que je n'avais pas d'argent. Mon portefeuille a été volé à l'aéroport, pendant que j'attendais qu'on retrouve ma valise... regardez !

Elle rapporta son sac à main et lui montra, sous la poignée, les lanières découpées au rasoir.

– La *Guardia civil* m'a dit que ce devait être un voleur très expérimenté. Je n'ai rien senti et il n'a dérobé que mon portefeuille.

– Seulement votre portefeuille. Et que contenait-il ?

– Mes chèques de voyage, de l'argent anglais, des pesetas et, ajouta-t-elle avec la détermination d'un coupable prêt à tout avouer, mon billet de retour.

– Je vois, fit George.

– Le chauffeur de taxi est en train d'attendre, à l'hôtel *Cala Fuerte*. Il attend qu'on vienne le payer.

– Vous voulez dire que vous avez pris un taxi depuis l'aéroport jusqu'à Cala Fuerte pour me trouver et me faire payer votre course. C'est complètement fou...

– Mais, je vous ai expliqué... vous comprenez, ma valise n'est jamais arrivée et on m'a volé mon...

– Attendez ! Vous dites que vous avez aussi perdu vos bagages.

– Je ne les ai pas perdus, c'est eux qui les ont égarés. Enfin... la compagnie aérienne.

– Au moins vous, vous ne craignez pas le dépaysement. Petit déjeuner à Londres, déjeuner en Espagne, valise à Bombay...

– Ma valise est bien arrivée à Barcelone, mais ils pensent qu'elle a été aiguillée sur Madrid.

– Ainsi, dit George avec le sérieux d'un prestidigitateur qui récapitule son tour, votre bagage est à Madrid, votre portefeuille a été dérobé et vous avez besoin de six cents pesetas pour payer le taxi.

– Oui ! s'exclama Selina, ravie qu'il ait enfin compris la situation.

– Et vous m'avez dit que votre nom était... ?

– Selina Bruce.

– Eh bien, mademoiselle Bruce, bien que je sois enchanté d'avoir fait votre connaissance et que je compatisse naturellement à cette série de malheurs, je ne vois toujours pas en quoi cela me concernerait.

– Je crois que cela vous concerne infiniment, répliqua Selina.

– Vraiment, vous croyez ça ?

– Oui. Vous savez... je pense être votre fille.

– Vous pensez...

Il crut tout d'abord qu'elle était folle. Elle devait l'être. Elle devait être l'une de ces personnes dérangées qui vont partout affirmant qu'elles sont l'impératrice Eugénie. Celle-ci avait fait une fixation sur lui.

– Oui, je crois que vous êtes mon père.

Elle n'était pas dérangée. Elle semblait parfaitement sensée et elle croyait sincèrement à ce qu'elle disait. Il se força à prendre les choses rationnellement.

– Qu'est-ce qui a pu vous donner cette idée ?

– J'ai une petite photo de mon père. Je le croyais mort. Mais il a le même visage que vous.

– Pas de chance pour lui.

– Oh, non, il n'est pas si mal que ça...

– Avez-vous cette photo ?

– Oui, je l'ai ici...

Pendant qu'elle se penchait pour reprendre son sac, il essaya de deviner quel âge elle pouvait avoir. Il essayait de se souvenir, de calculer, dans une sorte de frénésie, s'il pouvait y avoir la moindre chance que cette allégation soit vraie.

– La voici... je l'ai toujours avec moi, depuis que je l'ai découverte, il y a cinq ans environ. Et puis, j'ai vu votre photo au dos de votre livre...

Selina lui tendit la photo. Il la prit sans lâcher la jeune femme des yeux.

– Quel âge avez-vous ?

– Vingt ans.

Il manqua défaillir de soulagement. Pour cacher l'expression que son visage avait prise, il baissa vivement le regard vers la photo que Selina lui avait donnée. Il ne prononça pas une parole. Puis, tout comme Rodney l'avait fait la première fois, George Dyer l'approcha de la lumière.

– Quel était son nom ? demanda-t-il après un moment.

Selina déglutit.

– Gerry Dawson. Les mêmes initiales que les vôtres.

– Que pouvez-vous me dire de lui ?

– Pas grand-chose. Vous comprenez, on m'a toujours dit qu'il avait été tué avant ma naissance. Ma mère s'appelait Harriet Bruce et elle est morte juste après que je suis née, alors ma grand-mère m'a élevée et c'est pourquoi je m'appelle Selina Bruce.

– Votre grand-mère. La mère de votre mère ?

– C'est exact.

– Et vous avez découvert cette photo... ?

– Il y a cinq ans. Dans un livre qui avait appartenu à ma mère. Et puis je... on m'a offert *Fiesta à Cala Fuerte.* J'ai vu votre portrait au dos de la jaquette et il m'a semblé reconnaître le même visage.

George Dyer ne répondit pas. Il repassa le seuil de la porte ouverte et lui rendit la photographie. Puis il alluma une cigarette et jeta l'allumette dans un cendrier, après l'avoir secouée.

– Si je comprends bien, votre père aurait été tué. C'est bien cela ?

– C'est ce qu'on m'avait dit. Mais j'ai toujours su que ma grand-mère ne l'aimait pas. Elle ne voulait pas qu'il épouse ma mère. Et quand j'ai vu la photo, j'ai pensé qu'il y avait peut-être eu une erreur. Qu'il n'avait pas été tué. Il aurait pu être blessé, perdre la mémoire, ce genre de choses arrive, vous savez.

– Mais pas à votre père. Votre père est mort.

– Mais vous...

– Je ne suis pas votre père, dit-il très doucement.

– Mais...

– Vous avez vingt ans. J'en ai trente-sept. J'ai l'air probablement beaucoup plus âgé, mais, en fait, je n'ai que trente-sept ans. Je n'ai même pas connu la guerre... pas celle-là, en tout cas.

– Mais les photos...

– Gerry Dawson était un de mes cousins éloignés. Je me souviens vaguement avoir entendu parler de lui dans ma famille. Le fait que nous nous ressemblions est l'une de ces blagues de l'hérédité. A dire vrai, je pense que nous ne nous ressemblons pas tant que ça. La photo de votre père et celle qui est au dos de mon livre ont été prises à des années de distance. Et même dans mes meilleurs jours, je n'ai jamais eu son charme.

Selina le dévisageait. Elle n'avait jamais vu un homme aussi brun de peau... et cet homme avait besoin qu'on recouse un bouton de sa chemise qui était ouverte presque jusqu'au nombril, dévoilant la toison noire de son torse. Pour compléter le tableau, il avait négligemment relevé ses manches juste au-dessous de ses coudes. Elle ressentit une impression bizarre, comme si elle allait perdre tout contrôle d'elle-même. Ses jambes allaient peut-être se mettre à trembler, ses yeux se remplir de larmes, elle pourrait aussi se mettre à le frapper, à injurier cet homme qui se tenait là, devant elle, et qui lui disait qu'il n'était pas son père. Et cela était vrai : Gerry Dawson était mort.

Il continuait de parler, avec un ton qui se voulait apaisant :

– ...désolé que vous ayez fait tout ce chemin. Vous n'avez rien à vous reprocher... c'est une erreur, une erreur que l'on peut facilement commettre... après tout...

Il y avait comme une boule dans la gorge de Selina, une boule qui lui faisait mal et le visage de cet homme, pourtant si proche du sien, commença de s'estomper comme s'il était en train de couler au fond d'un lac. Elle avait eu si chaud et maintenant elle avait soudain très froid, froid à claquer des dents. Tout son corps, ses bras, son dos et jusqu'à la racine de ses cheveux, semblait avoir la chair de poule. Il dit – et elle eut l'impression qu'il parlait de très loin : « Tout va bien ? » et elle comprit, à sa plus grande honte, qu'elle n'allait pas s'évanouir ni même se jeter sur lui, mais qu'elle allait tout simplement éclater en sanglots.

6

– Je suppose que vous n'avez rien ici qui ressemble à un mouchoir ? murmura-t-elle.

Il n'en possédait pas en effet, mais il alla chercher une grosse boîte de kleenex. Elle en prit un et se moucha.

– Je ne crois pas avoir besoin de toute la boîte, dit-elle.

– Je n'en suis pas si sûr.

– Je suis désolée. Je n'avais pas l'intention de faire ça. De pleurer, je veux dire.

– Je m'en doute.

Elle prit un autre mouchoir en papier et se moucha de nouveau.

– Il y a si longtemps que j'attends. Et j'ai eu soudain si froid.

– Le temps se rafraîchit. Il n'y a plus de soleil et l'on annonce une nouvelle tempête. Allons, venez et asseyez-vous.

Il posa la main sous le coude de Selina et l'entraîna vers le canapé gargantuesque. Comme elle frissonnait toujours, il étendit la couverture rouge et blanc sur ses genoux et lui proposa un verre de cognac. Selina lui répondit qu'elle n'aimait pas l'alcool, mais il n'en tint pas compte et elle le vit qui fouillait derrière le bar de sa petite cuisine à la recherche d'une bouteille et d'un verre.

Il revint auprès d'elle, un verre bien rempli à la main.

– J'ai plutôt besoin de manger quelque chose, dit-elle.

– Buvez donc cela d'abord.

C'était un verre de petite taille, aux parois épaisses. Le cognac lui brûla la gorge. Elle eut un frémissement. George reprit le verre quand elle l'eut vidé et, sur le chemin de la cuisine, donna un coup de pied dans les cendres de la cheminée où il jeta une bûche. Les cendres s'éparpillèrent et recouvrirent le morceau de bois d'une couche de poussière grise. Selina aperçut un rougeoiement de braises et une petite flamme s'éleva.

– Vous n'avez même pas besoin du soufflet, dit-elle, le feu est déjà en train de prendre.

– Ils savent comment construire une cheminée, par ici. Que voudriez-vous manger ?

– Ce que vous voudrez.

– De la soupe. Du pain et du beurre. De la viande froide. Un fruit.

– Vous avez de la soupe ?

– Une boîte...

– Cela ne vous dérange pas trop ?

– Moins que de vous voir en larmes.

– Je n'avais pas l'intention de pleurer, répliqua Selina, blessée.

La soupe était en train de chauffer. Il revint et, s'asseyant au coin de l'âtre, il commença de l'interroger.

– Où habitez-vous ? demanda-t-il en allumant le bout de sa cigarette à une braise du foyer.

– A Londres.

– Avec votre grand-mère ?

– Non, elle est morte.

– Vous ne vivez pas seule ?

– Non, il y a Agnès.

– Agnès ?

– Ma nurse, dit Selina. Enfin, je veux dire... elle a été ma nurse.

– Quelqu'un d'autre ?

– Oui, dit Selina, il y a Rodney.

– Qui est Rodney ?

Selina écarquilla les yeux.

– C'est mon... mon avocat.

– Est-ce que quelqu'un sait que vous êtes ici ?

– Agnès est au courant.

– Et l'avocat ?

– Il était absent. Un voyage d'affaires.

– Donc, il n'y a personne pour se soucier de vous ni pour se demander où vous êtes.

– Non.

– Eh bien, ce n'est pas banal.

La soupe commençait à bouillir dans la casserole. George Dyer retourna dans la cuisine pour chercher un bol et une cuiller.

– J'aime votre maison, lui lança Selina.

– Vraiment ?

– Oui. On éprouve un sentiment de douceur, comme si tout allait de soi... que rien n'avait été planifié.

Elle songea à l'appartement londonien où elle allait

vivre avec Rodney quand ils seraient mariés... au temps passé à essayer d'assortir la moquette avec les rideaux, à choisir le bon éclairage et les coussins, aux discussions sans fin sur la couleur des corbeilles à papier, les meubles de cuisine, les assiettes et les casseroles.

– Je trouve que c'est ainsi qu'une maison devrait être, dit-elle. Elle devrait pouvoir s'adapter aux gens qui y vivent.

George Dyer, qui se versait un whisky soda, ne répondit pas.

– Il faut le minimum, bien sûr, poursuivit-elle, un toit au-dessus de la tête, une cheminée et... un endroit pour dormir, je suppose.

Il revint, portant son whisky d'une main et de l'autre, le bol de soupe dans lequel il avait planté la cuiller.

– Comment avez-vous fait pour monter le lit sur la mezzanine ? demanda-t-elle en prenant le bol.

– En pièces détachées. On l'a remonté sur place.

– Il est immense.

– En Espagne on appelle cela un *matrimoniale.* Un lit de noces.

Elle parut légèrement embarrassée.

– Je n'arrivais pas à comprendre comment vous aviez pu l'installer là-haut. Je... je n'aurais pas dû regarder, je suis navrée, mais je voulais tout connaître avant de vous voir.

– Qu'allez-vous faire, maintenant ? demanda-t-il.

Selina baissa la tête sur sa soupe qu'elle remuait machinalement. C'était une soupe de légumes avec des vermicelles en forme de lettres de l'alphabet qui flottaient à la surface.

– Je suppose qu'il vaut mieux que je rentre à la maison.

– Sans billet de retour ni argent ?

– Si je peux en emprunter, je retournerai à San Antonio dans le taxi de Toni et je prendrai le prochain vol pour Londres.

– Je vous disais la vérité, expliqua George, quand je vous ai avoué ne pas avoir ces six cents pesetas. L'une des raisons de mon voyage à San Antonio était d'aller retirer du liquide, mais il y a eu un retard de transfert avec Barcelone et, en ce moment, je suis à découvert sur mon compte.

– Mais que vais-je faire avec le chauffeur de taxi ? Il faut bien que je le paye.

– Rudolfo nous aidera peut-être.

– Cela me semble beaucoup demander.

– Il a l'habitude.

– Et puis il n'y a pas que ces six cents pesetas pour le taxi. Il faut aussi que j'achète un autre billet d'avion.

– Je sais.

La soupe était encore trop chaude et Selina continuait de la remuer.

– Vous devez me prendre pour une épouvantable idiote. (Il ne la contredit pas et elle poursuivit :) Bien sûr, j'aurais dû écrire, mais je ne supportais pas l'idée d'attendre la réponse. (Il continuait de ne pas faire de commentaire et elle ressentit le besoin de se justifier :) Vous pensez sans doute qu'on s'habitue à ne pas avoir de père, surtout si on ne l'a pas connu. Mais je ne m'y suis jamais faite. Je n'arrête pas d'y penser. Tout le temps. Rodney dit que cela m'obsède.

– On peut avoir des obsessions moins sympathiques.

– J'ai montré à Agnès la photo au dos de votre livre ; elle a bien connu mon père. En la voyant, j'ai cru qu'elle allait s'évanouir. Vous lui ressemblez tant ! C'est ce qui m'a décidée à venir. Et je n'aurais pas l'air aussi gourde si l'on ne m'avait pas volé mon portefeuille. Jusque-là, je ne m'étais pas trop mal débrouillée. J'ai pris les bonnes correspondances et ce n'est pas de ma faute si ma valise s'est égarée.

– Vous n'aviez jamais voyagé seule auparavant ? demanda-t-il sur un ton incrédule.

– Oh si ! des tonnes de fois. Mais seulement en train, pour aller à l'école... ce genre de trajets, jamais très longs. (Quelque chose dans l'expression de George l'obligea à être entièrement honnête :) Et puis il y avait toujours quelqu'un pour m'accueillir. (Elle haussa les épaules.) Vous voyez...

– Non, je ne vois pas, mais je vous crois.

Elle porta lentement le bol de soupe à ses lèvres.

– Si mon père était vraiment votre cousin, alors nous sommes parents.

– Un cousin très éloigné... ça ne signifie pas grand-chose.

– En effet. Ça a un côté très aristocratique. Avez-vous connu mon père ?

– Non, jamais, dit-il en fronçant les sourcils. Rappelez-moi votre nom.

– Selina.

– Selina. Eh bien, si j'avais jamais besoin d'une preuve que vous n'êtes pas ma fille, en voilà une.

– Pardon ?

– Je n'aurais jamais affligé une petite fille d'un nom pareil.

– Comment l'auriez-vous appelée ?

– Un homme imagine rarement qu'il aura des filles. Il pense à son fils. George Dyer junior, peut-être. (Il leva son verre à la santé de ce fils mythique et termina de le vider.) Bon, dépêchez-vous maintenant. Finissez cette soupe et nous allons retrouver ce chauffeur de taxi.

Tandis qu'il empilait le bol vide et les verres dans l'évier et qu'il nourrissait Pearl, Selina alla se laver les mains et le visage dans la salle de bains. Elle se peigna, enfila ses collants et remit ses chaussures. Quand elle ressortit, il était de nouveau dehors sur la terrasse, sa casquette en arrière, observant le port avec les jumelles. Selina s'approcha de lui.

– Lequel est votre bateau ?

– Celui-là.

– Son nom ?

– *L'Éclipse.*

– Il a l'air un peu trop grand pour la navigation solitaire.

– En effet. J'ai un équipage en général. Je suis toujours un peu inquiet quand le mauvais temps s'annonce. Des vagues énormes peuvent déferler autour de ce promontoire et l'ancre peut se décrocher.

– Il a pourtant l'air en sécurité ici.

– Cette eau qui d'ici paraît profonde cache de bien dangereux récifs...

Elle considéra le ciel. Il était couvert, plombé.

– Il va y avoir une autre tempête ?

– Oui, le vent est en train de tourner. Les prévisions

sont mauvaises, dit-il en abaissant ses jumelles et en regardant Selina. Vous avez rencontré l'orage la nuit dernière.

– Il nous a poursuivis au-dessus des Pyrénées. Nous avons failli ne pas pouvoir nous poser à Barcelone.

– Je ne crains pas les tempêtes en mer, mais en avion, cela me tétanise, dit-il. Vous êtes prête ?

– Oui.

– Nous allons prendre la voiture.

Ils repassèrent par le salon où il laissa ses jumelles. Selina reprit son sac et adressa un au revoir muet à la Casa Barco. Elle avait tant rêvé de cette visite et maintenant, après quelques heures seulement, elle s'en allait. Pour de bon. Elle prit son manteau.

– Qu'est-ce que c'est ? s'exclama-t-il.

– C'est mon manteau. Il fait froid à Londres.

– J'ai oublié tout ça, vous savez. Donnez-le-moi, je vais le porter, dit-il en le jetant sur son épaule. L'avantage d'égarer ses bagages, c'est que l'on n'a rien à transporter.

Ils sortirent de la maison et Selina se demanda si sa voiture n'était pas un canular. On aurait dit qu'elle avait été décorée pour quelque monôme d'étudiants. Selina mourait d'envie de lui demander si c'était lui qui avait peint les roues en jaune, mais elle n'osa pas. Ils se glissèrent à l'intérieur, et George posa le manteau sur les genoux de Selina, mit le contact, enfonça la pédale, fit gémir le changement de vitesses avant de lancer la voiture dans une série de soubresauts à vous dresser les cheveux sur la tête. La catastrophe était imminente. Ils faillirent emboutir un mur, puis les roues arrière mordillèrent le bord d'une corniche. Selina ferma les yeux.

Quand ils déboulèrent enfin en haut de la colline, il régnait dans la voiture une odeur tenace de gaz d'échappement et des craquements sinistres provenaient de quelque part au-dessous de leurs pieds. Les sièges étaient défoncés, troués et le sol, qui avait perdu ses tapis depuis des années, ne ressemblait à rien d'autre qu'au fond d'une poubelle. Pour le bien de George, Selina se mit à espérer que son yacht fut autrement confortable.

Mais, en même temps, il y avait quelque chose de plaisant à traverser Cala Fuerte dans la voiture de George Dyer. A leur passage, les enfants se tordaient de rire, les saluaient de la main et leur criaient des mots manifestement amicaux. Les femmes, assises dans leur jardin ou bien occupées à cancaner devant leur porte, se retournaient et leur souriaient. Les hommes, assis aux terrasses des cafés ou revenant du travail, leur lançaient des plaisanteries en espagnol que Selina ne comprenait pas. George Dyer, lui, les comprenait parfaitement.

– Que disent-ils ?

– Ils veulent savoir où j'ai rencontré ma nouvelle *señorita.*

– C'est tout.

– Ce n'est pas assez ?

Il accéléra jusqu'à la porte de l'hôtel et freina si soudainement qu'un nuage de poussière blanche s'éleva des pneus et recouvrit les tables et les boissons des clients qui paressaient sur la terrasse de Rudolfo en savourant leur premier apéritif. On entendit un Anglais beugler : « Quel idiot ! » George Dyer ne lui prêta aucune attention, sauta de la voiture sans prendre soin d'ouvrir la porte et grimpa les marches de la terrasse. Selina suivait derrière.

– Rudolfo !

Rudolfo était derrière son bar.

– Pas besoin de crier, dit-il en espagnol.

– Rudolfo, où est le chauffeur de taxi ?

Rudolfo n'était guère souriant. Il remplissait une rangée de verres et lança :

– Il est parti.

– Parti ? Il ne voulait pas de son argent ?

– Si, il le voulait. Six cents pesetas.

– Qui a payé ?

– Moi, dit Rudolfo. Et il faut que je te parle. Attends que j'aie servi mes clients.

Il sortit de derrière le bar, passa devant eux sans dire un mot et disparut sur la terrasse. Selina dévisagea George.

– Il est furieux ?

– J'ai cru deviner que quelque chose le chagrinait.

– Où est Toni ?

– Parti. Rudolfo lui a réglé sa course.

Il lui fallut plusieurs secondes pour mesurer l'énormité de cette nouvelle.

– Mais... S'il est parti... comment vais-je retourner à San Antonio ?

– Dieu seul le sait.

– Vous allez m'emmener.

– Il n'est pas question que je roule jusqu'à San Antonio ce soir et même si je le faisais, je n'aurais pas de quoi vous payer votre billet de retour.

Selina se mordit les lèvres.

– Rudolfo avait pourtant l'air si gentil, dit-elle.

– Comme nous tous, son caractère a plusieurs facettes.

Rudolfo revint, les chaînettes du rideau s'entrechoquant derrière lui. Il posa le plateau vide et fit face à George.

Il s'exprimait en espagnol, ce qui valait peut-être mieux, les mots qu'il employait n'étant pas faits pour les oreilles d'une jeune et délicate *señorita* anglaise. George se défendait avec courage. Le ton montait. Ne pouvant ignorer qu'elle était d'évidence au centre du débat, Selina glissait de temps en temps un « S'il vous plaît, de quoi s'agit-il ? » ou bien un « Pourriez-vous parler anglais ? », mais aucun des deux hommes ne lui accordait la moindre attention.

La dispute fut interrompue par l'arrivée d'un gros Allemand qui désirait un demi de bière. Rudolfo retourna derrière son bar pour le servir. Selina en profita pour tirer George par la manche.

– Que s'est-il passé ? Dites-moi ce qui s'est passé !

– Rudolfo est mécontent parce que vous aviez dit que vous attendriez à la Casa Barco et il avait cru que le taxi resterait là-bas avec vous. Il n'aime pas que des chauffeurs de taxi égarés traînaillent dans son bar et se saoulent. Et puis il semble qu'il n'ait pas du tout apprécié celui-là.

– Oh !

– Oui, «Oh !».

– C'est tout ?

– Non, évidemment, ce n'est pas tout. A la fin, pour s'en débarrasser, Rudolfo l'a payé. Et maintenant, il dit que je lui dois six cents pesetas... Il n'est pas très rassuré, voyez-vous, il est persuadé que je ne pourrai pas le rembourser.

– Mais je le ferai... Je le promets...

– Ce n'est pas vraiment la question. Il veut son argent tout de suite.

Sentant l'atmosphère s'alourdir, le gros Allemand fila vers la terrasse en emportant sa bière. Il avait à peine disparu que Rudolfo et George se faisaient face. Selina fut la plus rapide.

– Je vous en prie, monsieur... Rudolfo, je veux dire. Tout est de ma faute et je ferai en sorte que vous soyez payé, mais, comprenez-moi, on a volé mon argent...

Ce n'était guère nouveau pour Rudolfo.

– Vous m'aviez dit que vous attendriez à la Casa Barco. Avec le chauffeur de taxi.

– Je ne savais pas que ce serait aussi long.

– Et toi, lança Rudolfo en dévisageant George, où étais-tu, au fait ? Tu files à San Antonio et tu ne reviens pas. Personne ne sait où tu es...

– Mais en quoi est-ce que cela te regarde ? Ce que je fais et où je vais ne concerne que moi !

– Sauf quand je suis obligé de régler tes dettes.

– Personne ne t'a demandé de les régler. Et ce n'était pas mes dettes, en tout cas. Tu as tout gâché, et maintenant, la *señorita* ne peut plus retourner à San Antonio.

– Eh bien, tu n'as qu'à l'emmener toi-même.

– Plutôt crever, hurla George.

Et sur ces mots, il sortit du bar comme une furie, dévala les marches de la terrasse et sauta dans sa voiture. Selina se mit à courir.

– Et moi ?

Il se tourna vers elle.

– Eh bien, soit vous venez avec moi, soit vous restez ici.

– Je ne veux pas rester ici.

– Alors montez.

Il n'y avait pas d'autre choix. La moitié du village et la totalité des clients de Rudolfo semblaient se délecter de la scène. George se pencha et ouvrit la portière pour Selina.

A ce moment-là, comme s'il obéissait au signal de quelque metteur en scène céleste, l'orage éclata.

Un éclair illumina le ciel, suivi par un coup de tonnerre et le vent se leva soudain, faisant trembler les branches du grand pin. Sur les petites tables de la terrasse, les nappes se soulevèrent et se mirent à battre comme des voiles mal arrimées. Un chapeau s'envola d'un présentoir, devant la boutique de Maria, et se mit à dévaler la rue principale comme une grosse roue rose et jaune. La poussière s'élevait en spirales et, après le vent, vint la pluie, une pluie soudaine et rageuse, avec des gouttes si grosses que les caniveaux se mirent à déborder en quelques secondes.

Tout le monde courait s'abriter. Les clients de Rudolfo, les femmes en train de commérer, les gamins qui jouaient et les deux ouvriers qui réparaient la chaussée. Il y avait une atmosphère de désastre imminent, comme si une sirène d'alarme s'était mise à hurler. En une seconde, la place fut déserte. Restaient George et Selina dans la petite voiture bringuebalante.

Selina se préparait à sortir quand son compagnon mit

le moteur en marche. Il la repoussa sèchement contre le dossier du siège.

– Nous ne nous mettons pas à l'abri ? demanda-t-elle.

– Pourquoi ? Vous n'avez tout de même pas peur d'une petite pluie ?

– Une petite pluie ?

George resta de marbre et ne daigna pas répondre.

– Est-ce que l'on peut relever la capote ? demanda-t-elle.

– Il y a bien dix ans qu'elle ne marche plus, hurla-t-il par-dessus le vacarme de la voiture, du vent et de la pluie. L'eau semblait avoir déjà monté jusqu'aux enjoliveurs et Selina pressentait un début d'inondation sous ses pieds.

– Mais à quoi sert une capote si on ne peut pas la relever ?

– Oh, cessez de rouspéter.

– Je ne rouspète pas, mais...

Il accéléra et les mots de Selina s'évanouirent dans un hoquet de frayeur. La voiture dévalait la route dans un grondement, coupant les virages dans un hurlement de pneus et projetant des vagues de boue jaune. La mer avait la couleur du plomb et les jardins des délicieuses petites villas étaient déjà dévastés par le vent. Mille débris flottaient dans l'air – feuilles arrachées, brins de paille et épines de pin – et, lorsqu'ils atteignirent enfin la colline qui dominait la Casa Barco, l'eau, endiguée par les hauts murs des maisons, dévalait la pente avec la fougue d'une rivière en crue. Selina eut l'impression de descendre des rapides.

La force de gravité poussait ces torrents d'eau vers les

marches qui menaient à la mer, mais les escaliers trop étroits ne parvenaient pas à absorber tout le flot, qui avait en partie envahi le vieil entrepôt à filets de pêche que George utilisait comme garage. L'inondation menaçait.

Malgré cela, George engouffra sa voiture à l'intérieur et ne freina qu'à quelques centimètres seulement du mur du fond. Il coupa le contact et sauta de la voiture en criant :

– Allons, sortez et aidez-moi à refermer ces portes.

Selina avait trop peur pour se rebeller. Elle descendit de la voiture et, pataugeant dans dix centimètres d'eau froide et sale, elle alla l'aider à pousser les portes branlantes. Ils réussirent enfin à les refermer en s'adossant à elles jusqu'à ce que George parvienne, en le brutalisant, à pousser le verrou. Ceci fait, il prit Selina par le poignet et l'entraîna en courant dans la maison. Un nouvel éclair déchira le ciel noir, suivi par un coup de tonnerre si proche qu'elle crut que le toit allait s'effondrer.

Ils n'étaient même pas en sécurité dans la maison. George courut vers la terrasse et commença à lutter contre le vent pour fermer les volets plaqués si fort contre le mur qu'il dut recourir à un levier pour les en décoller. Les pots de fleurs avaient déjà disparu, certains ayant glissé à l'extérieur du muret, d'autres gisant sur la terrasse, dans un mélange de terre cuite brisée et de boue. Les volets et les portes furent enfin fermés. La maison prit une allure fantomatique, sombre, insolite. George essaya d'allumer l'électricité, mais le courant était coupé. La pluie, en coulant par la cheminée, avait aussi éteint le feu et un gargouillis sinistre montait du puits, comme s'il était sur le point de déborder.

– Vous croyez que tout ira bien ? demanda Selina.

– Et pourquoi pas ?

– J'ai peur du tonnerre.

– Il ne peut rien vous faire.

– La foudre si.

– Alors, dans ce cas, ayez peur de la foudre.

– J'en ai peur... aussi.

Elle pensait qu'il aurait dû s'excuser, mais au lieu de cela, il fouilla tranquillement dans sa poche et en sortit un paquet de cigarettes détrempé. Il le laissa tomber dans l'âtre et s'en alla rôder à la recherche d'un autre paquet qu'il finit par trouver dans la kitchenette. Il alluma une cigarette et, tant qu'il y était, se versa un whisky bien tassé. Il approcha le verre du puits, laissa glisser le seau qu'il ramena plein à ras bord. Avec une dextérité qui témoignait d'une longue pratique, il versa de l'eau dans son verre sans en répandre une goutte.

– Vous voulez boire quelque chose ? demanda-t-il.

– Non, merci.

Il prit une gorgée de whisky et demeura sur place à la fixer, sans qu'elle puisse déceler si ce regard cachait de l'ironie ou de la sévérité. Ils étaient tous deux trempés jusqu'aux os. Selina avait ôté ses chaussures définitivement fichues. Le bas de sa robe dégoulinait, formant une mare autour d'elle, et ses cheveux étaient plaqués contre son visage et son cou. Contrairement à elle, George Dyer ne semblait pas se soucier d'être ainsi trempé comme une soupe.

– Je suppose que vous êtes habitué à ce genre de

chose, dit-elle en essayant d'essorer les ourlets de sa robe. Pourquoi avoir fait tout cela ? Nous aurions pu nous mettre à l'abri jusqu'à ce que l'orage cesse. Rudolfo nous aurait...

Il posa brutalement son verre, traversa la pièce et grimpa deux marches à la fois jusqu'à la mezzanine.

– Tenez ! dit-il en jetant un pyjama par-dessus la balustrade. Et voilà ! (Une sortie de bain en tissu éponge suivit, puis une serviette. Il l'observait, les mains posées sur la balustrade.) Vous pouvez utiliser la salle de bains. Enlevez tous vos vêtements, frottez-vous bien énergiquement et changez-vous.

Selina alla ramasser les vêtements. Tandis qu'elle ouvrait la porte de la salle de bains, une chemise trempée tomba de la mezzanine suivie par un jean gorgé d'eau. Elle se réfugia en toute hâte dans la salle de bains et ferma le loquet.

Quand elle ressortit, portant des vêtements bien trop grands pour elle, ses cheveux enroulés dans une serviette sèche, elle constata qu'il y avait eu comme une métamorphose.

Le feu avait été ranimé et crépitait gaiement et trois ou quatre bougies, plantées dans le goulot de vieilles bouteilles de vin, éclairaient la pièce. Le transistor était en train de diffuser un air de flamenco et George Dyer ne s'était pas seulement séché et changé, mais il s'était aussi rasé. Il portait un col roulé blanc, un pantalon en serge bleue et des chaussons de cuir rouge. Il était assis sur le rebord de la cheminée, le dos au foyer et lisait un journal anglais. Il paraissait aussi détendu que n'importe quel gentleman dans sa maison de campagne. Il leva les yeux quand elle entra.

– Vous voilà.

– Que dois-je faire de mes vêtements mouillés ?

– Entassez-les sur le sol de la salle de bains. Juanita s'en occupera demain matin.

– Juanita ?

– La femme qui s'occupe de la maison. La sœur de Maria. Vous savez, celle qui tient l'épicerie du village.

– La mère de Tomeu.

– Ainsi, vous avez déjà fait la connaissance de Tomeu ?

– C'est lui qui nous a guidés jusqu'ici. Sur sa bicyclette.

– Il a apporté un poulet. Je l'ai mis au four. Venez vous asseoir et vous réchauffer près du feu. Je vous sers un verre.

– Je ne préfère pas.

– Vous ne buvez jamais.

– Ma grand-mère n'approuvait pas ça.

– Votre grand-mère, si vous me passez l'expression, a l'air d'avoir été une vieille buse.

Selina sourit malgré elle.

– Pas vraiment.

Le sourire de Selina l'avait surpris. Tout en la regardant, il demanda :

– Où habitez-vous à Londres ?

– Queen's Gate.

– Queen's Gate ! Plutôt chic comme quartier. Je présume que votre nurse vous emmenait promener dans les jardins de Kensington ?

– Oui.

– Vous avez des frères et sœurs ?

– Non.

– Des oncles, des tantes ?

– Non. Personne.

– Pas étonnant que vous soyez désespérément à la recherche d'un père.

– Pas « désespérément »... J'en voulais un, c'est tout.

George remua son verre et considéra le liquide couleur d'ambre.

– Vous savez, dit-il, je viens de comprendre quelque chose. Quand on aime quelqu'un très fort, même si cette personne a disparu, elle continue de vivre jusqu'à ce qu'un idiot, un maladroit, vous révèle qu'elle est morte.

– Il y a bien des années que l'on m'a dit que mon père était mort.

– Je sais, mais aujourd'hui, on vous le dit pour la deuxième fois. Et c'est comme si c'était moi qui l'avais tué.

– Vous n'avez rien à vous reprocher.

– Je n'en suis pas moins désolé, dit-il avant d'ajouter plus gentiment, un verre ne vous ferait pas de mal. Cela vous réchaufferait.

Elle refusa d'un bref mouvement de tête et il n'insista pas. Un sentiment désagréable persistait en lui. Il avait tant l'habitude de Frances, indépendante, qui pouvait boire verre sur verre... même si elle avait tendance à tenir des propos confus à la fin de la soirée, prête à s'énerver pour la moindre broutille. Mais, dès le lendemain, ses yeux brillaient de nouveau et son esprit avait retrouvé sa clarté. Seul la trahissait ce léger tremblement qui agitait sa main quand elle allumait sa dixième cigarette de la matinée.

Mais cette enfant... Il la regarda. Sa peau était comme de l'ivoire, crémeuse, immaculée. Selina retira la serviette de ses cheveux et, sous le regard de George, commença de les frotter vigoureusement pour qu'ils sèchent.

– Qu'allons-nous faire ? demanda-t-elle.

– A quel sujet ?

– Au sujet de l'argent. Je dois payer Rudolfo et retourner à Londres.

– Je ne sais pas. Il faut que j'y réfléchisse.

– Je pourrais envoyer un câble à ma banque à Londres pour qu'ils fassent un virement.

– C'est une possibilité, en effet,

– Cela prendra du temps ?

– Trois ou quatre jours.

– Ne croyez-vous pas que je devrais prendre une chambre au *Cala Fuerte.*

– Je ne suis pas sûr que Rudolfo vous accepte.

– Je ne peux guère l'en blâmer, vous savez. Même sobre, Toni avait une allure peu engageante. Ivre, il devait être proprement terrifiant.

– Je doute qu'il ait impressionné Rudolfo.

– Bon... mais... où vais-je loger ?

– Où donc, sinon ici ? dans le *matrimoniale.* J'aurais bien déménagé sur *L'Éclipse,* mais avec ce temps... D'ailleurs, ce ne sera pas la première fois que je dormirai sur le sofa.

– Si quelqu'un doit dormir sur le sofa, ce sera moi.

– Comme vous voulez. C'est du pareil au même pour

moi. Je suis navré que la Casa Barco ne soit pas mieux équipée, mais je ne crois pas pouvoir changer grand-chose dans l'immédiat. Je n'aurais jamais imaginé que je recevrais la visite de ma fille.

– Mais je ne suis pas votre fille.

– Alors, disons que vous êtes George Dyer junior.

7

Six ans auparavant, quand George Dyer s'était installé à Casa Fuerte, Juanita s'était présentée d'elle-même et lui avait expliqué, avec infiniment de dignité, qu'elle souhaitait travailler pour lui. C'était la femme d'un fermier de San Estaban, et ses quatre enfants allaient à l'école du village. Leur famille vivotait à la limite de la pauvreté. Elle avait donc besoin de ce travail et de l'argent qu'il lui rapporterait, mais rien dans sa tenue ni dans la fierté de ses manières ne permettait de le deviner. Elle était de petite taille, avec la robustesse d'une paysanne âpre au travail, ses yeux étaient sombres, et son sourire ne manquait pas de charme.

Elle se levait chaque matin à quatre heures et demie, s'occupait de sa maison, nourrissait la famille, et, quand chacun était parti à ses occupations, descendait à pied la colline qui mène de San Esteban à Cala Fuerte pour se présenter à sept heures et demie à la Casa Barco. Elle faisait le ménage et la cuisine pour George, s'occupait de laver son linge et de le repasser, brossait le chat et désherbait le jardin. Enfin, elle ne refusait pas, si nécessaire, de prendre le canot pneumatique pour aller frotter le pont de *L'Éclipse*.

Lorsque *Fiesta à Cala Fuerte* avait été publié, George lui avait fait cadeau d'un exemplaire dédicacé : *Pour Juanita, de la part de George Dyer, avec affection et respect.* C'était probablement son bien le plus précieux, juste après le lit de noces qu'elle avait hérité de sa grand-mère et les épais draps de lin qu'elle avait brodés elle-même. Elle ne parlait pas anglais et ne savait d'ailleurs pas lire, mais l'ouvrage avait été posé bien en vue sur un napperon en dentelle, comme un objet de décoration. Elle ne pénétrait jamais d'elle-même chez George. C'eût été, d'après son code personnel, un grave manquement aux bonnes manières. Au lieu de cela, elle s'asseyait sur un muret, à l'extérieur, les mains posées sur les genoux et les pieds croisés. Elle attendait, dans cette position royale, qu'il veuille bien lui ouvrir la porte. Il disait : « *Buenos días, Juanita* » et ils échangeaient quelques plaisanteries sur le temps. Puis elle demandait au *señor* comment il avait dormi. George n'avait jamais bien compris le sens caché de cette question rituelle. Peut-être avait-elle un rapport avec le fait que, n'étant pas marié, il dormait seul.

Au lendemain de la tempête, il se réveilla à sept heures. Il avait dormi sur le sofa, n'ayant pas eu le cœur de se réserver le grand lit confortable. Tout était calme. Il n'y avait plus de vent. Il se leva, ouvrit les volets et sortit sur la terrasse. L'air était frais et transparent comme le cristal. Pas un nuage dans le ciel. Le monde, autour de lui, dégageait cette délicieuse odeur de terre humide propre aux lendemains de pluie. L'orage avait laissé des traces. Les dégâts étaient nombreux et, tout en bas, l'eau de la jetée avait un aspect trouble et boueux. Pour commencer, il alla récupérer les meubles de la terrasse éparpillés par le vent. Après avoir incliné le plateau de la table pour évacuer la mare d'eau noire qui y stagnait, il retourna à l'intérieur et alluma une cigarette. Il songea à se préparer une tasse de café ; malheureusement la bouilloire était vide et il craignait de réveiller Selina en plongeant le seau au fond du puits.

Le pull et le pantalon qu'il portait la veille au soir ne convenaient pas pour une journée de travail. Il monta chercher d'autres vêtements. Vêtue d'un pyjama de George, Selina dormait encore, comme un enfant, enfouie sous les draps de l'énorme lit. George se déplaçait sans bruit. Il attrapa la première chemise et le premier pantalon venus, puis redescendit prendre une douche dont l'eau était glacée après la tempête. Une fois habillé, il alla ouvrir la porte pour Juanita. Elle n'était pas encore arrivée mais, si la porte était entrebâillée, elle entrerait et commencerait de préparer son petit déjeuner. Il retourna sur la terrasse et descendit les marches jusqu'au ponton. Il poussa le canot dans l'eau et rama jusqu'à *L'Éclipse*.

Le bateau semblait avoir supporté l'orage avec sa placidité habituelle. George contrôla les amarres avant de monter à bord. Il avait eu la bonne idée de tirer la bâche goudronnée au-dessus du cockpit et, bien qu'elle se fût affaissée sous le poids de l'eau, l'intérieur du bateau était resté relativement au sec. Il donna du jeu à une ou deux drisses et descendit dans la cabine pour vérifier si les panneaux d'écoutille n'avaient pas laissé passer la pluie.

Rassuré, il remonta sur le pont et, s'adossant au bastingage, il alluma une cigarette.

La journée allait être très chaude. Un nuage de vapeur se formait déjà sur le pont détrempé et sur la bâche qu'il avait étalée pour qu'elle sèche. Le ciel était si clair que l'on voyait très loin à l'intérieur des terres, bien au-delà de la croix de San Estaban. Et le calme était tel qu'il pouvait distinguer chacun des mots que deux pêcheurs échangeaient au bout de la jetée. La mer était presque étale. Le canot se balançait en émettant un léger clapotis et le yacht bougeait légèrement, comme s'il était en train de respirer.

Rassuré par ce paysage familier, par ces odeurs et ces sons qu'il connaissait si bien, George commença à se détendre. Il pouvait maintenant songer avec calme à cette nouvelle journée et à la manière de résoudre les différents problèmes qui l'assaillaient.

Le premier, c'était Rudolfo. George avait déjà oublié leur dispute. Ce n'était pas la première et il y en aurait d'autres, mais Rudolfo n'était pas riche et, d'une manière ou d'une autre, il faudrait le rembourser très vite de ses six cents pesetas. George ne pouvait pas prendre le risque d'attendre que son propre argent soit transféré de Barcelone. Les retards étaient fréquents et il lui était arrivé de patienter près d'un mois avant que l'on crédite son compte. Toutefois, s'ils câblaient à la banque de Selina, il y avait une possibilité pour que l'argent parvienne en trois ou quatre jours à San Antonio. Sachant cela, Rudolfo ne serait que trop heureux d'accueillir la jeune femme dans son hôtel. De cette façon, les conventions seraient respectées et aucune susceptibilité – si sensible à Cala Fuerte – ne serait froissée.

D'autre part, il y avait Frances. Elle lui prêterait sans difficulté les six cents pesetas et le montant du billet de retour pour Selina. Il suffirait qu'il ait le courage de le lui demander. Malheureusement, avec Frances, l'argent avait un sens, un sens très fort. Et s'il devait jamais devenir son débiteur, il ne le ferait ni pour Rudolfo ni pour une fille inconnue tombant du ciel à la recherche de son père. S'il devait lui demander de l'argent, ce serait pour lui-même, parce que ce serait lui qui aurait à régler l'addition... toute l'addition. Un mouvement sur la terrasse de la Casa Barco accrocha son regard. Juanita étendait la couverture rouge et blanc sur la corde à linge pour l'aérer. Elle portait une robe rose sous son tablier marron. Elle rentra dans la maison pour réapparaître avec un balai et se mettre à nettoyer les débris qui jonchaient le sol.

George se demandait comment il expliquerait la présence de Selina dans son lit. Il avait toujours fait très attention à éviter ce genre de situation et il n'avait pas la moindre idée de la réaction qu'aurait Juanita. L'idée de lui mentir lui déplaisait, mais d'un autre côté, il ne voulait la perdre sous aucun prétexte. Et puis cette histoire était tellement tirée par les cheveux qu'il doutait que Juanita, dans sa robuste simplicité, accepterait de la croire. Il pourrait en revanche expliquer que Selina était une cousine en visite et qu'elle avait passé la nuit chez lui à cause de l'orage. Il se décida pour cette solution, après un moment de réflexion. C'était là en effet l'explication la plus plausible. Elle avait de plus l'avantage d'être à peu près vraie. Il jeta sa cigarette par-dessus bord et descendit dans le canot.

Juanita était dans la cuisine en train de faire bouillir de l'eau pour son café.

– *Buenos días, Juanita.*

Elle se tourna vers lui, avec un sourire éclatant.

– *Buenos días, señor.*

Il décida d'attaquer sur-le-champ.

– Avez-vous réveillé la *señorita* quand vous avez tiré de l'eau du puits ?

– Non, elle dort encore, comme un bébé.

George jeta un coup d'œil inquisiteur à Juanita. Elle était d'humeur enjouée et ses yeux rayonnaient. Ce n'était pas exactement ce à quoi il s'était attendu. Il n'avait pas même eu le temps d'ébaucher son histoire de cousine en villégiature que Juanita le dévisageait, des larmes de joie dans les yeux.

– Vous... vous êtes montée la voir, Juanita ?

– Oui, *señor,* je suis allée voir si elle était réveillée. Mais, *señor,* dit-elle sur un ton de très léger reproche, pourquoi ne m'avez-vous jamais dit que vous aviez une fille ?

George tâtonna derrière lui pour trouver l'accoudoir du sofa où il s'effondra d'un bloc.

– Je ne vous ai jamais dit... commença-t-il, d'une voix hébétée.

– Non, vous ne m'en avez jamais parlé. Et quand Maria m'a dit, ce matin, quand je traversais Cala Fuerte, que la fille du *señor* était arrivée à la Casa Barco, je n'arrivais pas à y croire. Mais c'était bien vrai.

George avala sa salive et dit, en se forçant au calme :

– Maria vous a dit ça ? Et comment le sait-elle ?

– C'est Tomeu qui lui a dit.

– Tomeu ?

– Oui, *señor*. Un chauffeur de taxi a amené la *señorita* ici. Il a passé beaucoup de temps dans le bar de Rudolfo et il a expliqué à Rosita, la serveuse, qu'il avait conduit la fille du *señor* Dyer à la Casa Barco. Rosita l'a répété à Tomeu quand elle est allée acheter de la lessive, et Tomeu l'a dit à Maria qui me l'a dit.

– Et à tout le reste du village, j'en fais le pari, marmonna George en anglais.

– *Señor ?*

– Rien, rien, Juanita.

Il maudit Selina en silence.

– Vous n'êtes pas heureux que votre fille soit ici ?

– Mais si, bien sûr.

– Je ne savais pas que le *señor* avait été marié.

George réfléchit une seconde et répondit :

– Sa mère est morte.

Juanita parut anéantie.

– *Señor,* je ne savais pas. Et qui s'est occupé de la *señorita.*

– Sa grand-mère, dit George en se demandant combien de temps il allait pouvoir ainsi continuer à mentir. Juanita, dites-moi... est-ce que Rudolfo sait... que la *señorita* est ma fille ?

– Je n'ai pas vu Rudolfo, *señor.*

La bouilloire se mit à chanter et Juanita remplit la cafetière en faïence que George lui avait demandé de réserver pour son café. L'odeur, pourtant délicieuse, ne parvint pas à lui remonter le moral. Juanita reposa le couvercle de la cafetière et s'exclama :

– *Señor,* elle est vraiment très belle.

– Belle ?

Il était sincèrement éberlué.

– Mais bien sûr qu'elle est belle, confirma Juanita en passant devant lui pour emporter le plateau du petit déjeuner sur la terrasse. Le *señor* peut dire ce qu'il pense devant moi.

Il prit son déjeuner. Une orange, une douce *ensamada,* et tout le café que contenait la cafetière. Juanita s'affairait à l'intérieur. Elle marchait sans faire de bruit et seul un léger bruissement indiquait qu'elle était en train de balayer. Elle réapparut, portant le panier à linge sale rempli de vêtements.

– La *señorita* s'est fait tremper par l'orage hier soir et je lui ai dit de mettre ses vêtements par terre dans la salle de bains.

– Oui, *señor,* je les ai trouvés.

– Occupez-vous-en le plus vite possible, Juanita, elle n'a rien d'autre à se mettre.

– Bien, *señor.*

Elle descendit les marches vers la petite pièce qui faisait office de lingerie. C'est là qu'elle nettoyait draps, serviettes et chemises qu'elle enfournait à l'avenant dans un grand baquet d'eau bouillante et qu'elle martyrisait avec un morceau de savon aussi gros et aussi dur qu'une brique.

La première chose à faire était de voir Rudolfo. En traversant la maison, George leva les yeux vers la mezzanine, mais il ne perçut ni mouvement ni bruit. Il maudit de nouveau sa visiteuse, mais la laissa dormir. Il sortit et, plutôt que de prendre la peine d'ouvrir les portes du garage et de faire démarrer sa voiture, il se dirigea à pied vers le village.

Il allait regretter cette initiative. Avant qu'il eût rejoint l'hôtel *Cala Fuerte,* pas moins de sept personnes l'avaient félicité pour la venue de sa fille. A chaque nouvelle rencontre, George accélérait le pas, comme si quelque course urgente l'appelait, et que, malgré le plaisir qu'il aurait eu à commenter cette heureuse nouvelle, il n'en avait tout simplement pas le temps. En conséquence, il arriva hors d'haleine au bar de Rudolfo, transpirant abondamment, avec l'impression d'avoir été pris au piège. Il s'arrêta un moment sur le pas de la porte, haletant de fatigue.

– Rudolfo, puis-je entrer ? dit-il.

Rudolfo était en train d'essuyer des verres derrière son bar. Quand il aperçut George, ses mains s'immobilisèrent et un large sourire éclaira son visage.

– George, mon ami.

Oubliant ses verres, il se précipita vers George comme pour le prendre dans ses bras.

George restait sur ses gardes et l'observait.

– Tu ne vas pas essayer de me frapper ?

– C'est toi qui devrais me frapper. Mais je ne savais pas. Je ne l'ai appris que ce matin, par Rosita. La *señorita* est ta fille ! Pourquoi ne me l'as-tu pas dit hier soir ?

Toi, son père ! Je ne savais même pas que tu avais un enfant. Et si belle...

– Rudolfo, il y a une erreur...

– C'est vrai et c'est moi qui l'ai commise. Que dois-tu penser de moi, refuser mon aide à un vieil ami et à sa fille !

– Mais...

– Il n'y a pas de « mais », fit Rudolfo en levant la main. Six cents pesetas, bon. (Il haussa les épaules.) Ça ne se trouve pas sous le pied d'un cheval, mais ça ne va pas me ruiner.

– Rudolfo...

– Mon ami, si tu continues, je vais vraiment croire que tu ne m'as pas pardonné. Allons, buvons un verre ensemble. Un cognac, qu'en dis-tu ?

C'était absurde. Il refusait d'entendre la vérité et George n'avait guère de moyen de la lui enfoncer de force dans le crâne.

– Je préférerais un café.

Rudolfo cria pour qu'on le lui prépare et George s'arrima à l'un des tabourets du bar. Il alluma une cigarette.

– Je vais te rembourser aussi vite que possible, dit-il quand Rudolfo revint. Je vais envoyer un câble à Londres...

– Il faudra que tu ailles à San Antonio pour cela.

– En effet... A ton avis, cela peut prendre combien de temps, un virement de Londres ?

Rudolfo haussa les épaules.

– Deux ou trois jours. Peut-être une semaine. C'est sans importance. Je peux patienter une semaine pour six cents pesetas.

– Tu es un type bien, Rudolfo.

– Mais je m'énerve, tu sais, je m'énerve facilement.

– Tu es quand même un type bien.

Le café lui fut apporté par Rosita, inconsciente d'avoir été à l'origine de cette effervescence générale. George la regardait disposer les minuscules tasses. Il avait l'impression de s'enfoncer dans un océan de mensonges. Il dut aussi admettre, avec un léger serrement de cœur, qu'il n'était plus question d'évoquer la deuxième faveur qu'il voulait demander à Rudolfo. Si Selina était sa fille, il n'y avait aucune raison pour qu'elle emménage à l'hôtel *Cala Fuerte*.

Ce fut Pearl qui réveilla Selina. Elle avait vagabondé toute la nuit et elle cherchait un endroit agréable pour se reposer de sa chasse nocturne. Elle avait traversé la terrasse, avait trotté jusqu'à la mezzanine et s'était glissée, presque sans bruit, au creux du lit. Selina ouvrit les yeux et rencontra la tête blanche et moustachue de Pearl. Les yeux de la chatte étaient vert jade et, au creux de ses paupières en amande, les pupilles brillaient de bien-être. Elle patouilla les draps pendant un moment, comme pour faire son nid puis se colla en boule contre le corps de Selina et s'endormit.

Selina se retourna et sombra de nouveau dans le sommeil.

La seconde fois, le réveil fut plus rude.

– Allons, il est temps de vous lever. Il est onze heures. Allez, debout !

On la secouait et, quand elle ouvrit les yeux, elle vit George Dyer assis sur le bord du lit.

– Il est temps de vous réveiller, répéta-t-il.

– Hum...

La chatte était toujours là, délicieusement lourde et chaude. Selina essaya de concentrer son attention sur le visage de George qui lui semblait sortir du brouillard. Il portait une chemise en coton bleu et paraissait soucieux.

– Il est temps de vous réveiller.

– Quelle heure est-il ?

– Je vous l'ai dit. Presque onze heures. Il faut que je vous parle.

– Oh...

Elle se redressa et se mit à la recherche des oreillers. Ils étaient tombés par terre. George se baissa pour les ramasser et les cala derrière elle.

– Maintenant, écoutez, dit-il, je suis allé voir Rudolfo...

– Il est toujours en colère ?

– Non, il n'est pas en colère. Il ne l'est plus. Voyez-vous, Rudolfo, ainsi probablement que tout le reste du village, croit que vous êtes ma fille. Et vous devinez pourquoi ils pensent tous cela, n'est-ce pas ? Parce que votre maudit soûlard de chauffeur de taxi le leur a dit.

– Oh...

– Oui, oh ! Avez-vous dit à ce chauffeur que j'étais votre père ?

– Oui, avoua-t-elle.

– Mais pour l'amour de Dieu, pourquoi ?

– Il le fallait... pour qu'il me conduise ici. Je lui ai dit :

« Mon père paiera la course », c'était le seul moyen de le convaincre.

– Vous n'aviez aucun droit de faire ça. De mêler un tiers...

– Vous parlez de vous ?

– Oui, de moi ! Je suis pris jusqu'au cou dans cette affaire, maintenant !

– Je n'aurais jamais imaginé qu'il en parlerait à tout le village.

– Ce n'est pas ce qu'il a fait. Il en a parlé à Rosita, qui travaille chez Rudolfo. Rosita l'a dit à Tomeu qui s'est empressé d'informer sa mère. Et sur cette partie de l'île, Maria fait office de bureau central des rumeurs et des cancans.

– Je vois, dit Selina, et je suis désolée. Mais ne pouvons-nous pas leur dire la vérité ?

– Plus maintenant.

– Pourquoi ?

– Parce que les gens d'ici, expliqua-t-il en choisissant ses mots avec soin, ont des règles de morale très strictes.

– Alors pourquoi m'avez-vous hébergée la nuit dernière ?

– A cause de l'orage, s'exclama-t-il, exaspéré. A cause de ma querelle avec Rudolfo. Parce qu'il n'y avait pas le choix.

– Et vous leur avez dit que j'étais votre fille ?

– Je n'ai pas dit le contraire, en tout cas.

– Mais vous êtes beaucoup trop jeune. Nous en avons discuté hier soir.

– Personne d'autre n'est supposé le savoir.

– Mais... c'est un mensonge...

– Et ce que vous avez raconté au chauffeur de taxi, ce n'était pas un mensonge ?

– Si, mais j'ignorais alors que c'en était un.

– Eh bien, moi, j'ai menti en connaissance de cause. Je suis désolé d'offenser vos principes, mais ces gens sont mes amis et je ne veux pas les choquer. Non qu'ils se fassent beaucoup d'illusions sur mon compte, mais au moins, ils ne me prennent pas pour un menteur.

Comme elle semblait toujours inquiète, il changea de sujet.

– Maintenant, voyons cette histoire d'argent. Vous dites que nous pouvons câbler à votre banque.

– Oui.

– Mais nous ne pouvons pas le faire d'ici. Il faudra aller à San Antonio. Nous pourrions aussi... j'en ai eu l'idée tout à l'heure... essayer de joindre votre avocat.

– Oh, non ! s'écria Selina avec une telle véhémence que George haussa les sourcils de surprise.

– Pourquoi pas ?

– Restons-en à la première solution.

– Mais votre avocat devrait pouvoir vous faire parvenir l'argent bien plus vite...

– Je ne veux pas contacter Rodney.

– Vous ne l'aimez pas ?

– Ce n'est pas ça. Seulement... eh bien, il pensait que toute cette histoire, venir ici pour chercher mon père, c'était de la folie.

– On dirait qu'il n'avait pas tort.

– Je ne veux pas qu'il sache quel fiasco cela a été. Essayez de comprendre.

– Bien sûr, je peux comprendre, mais si cela permettait de transférer l'argent plus vite... (Le visage de Selina demeura résolument fermé et George renonça à essayer de la convaincre.) Très bien, d'accord, conclut-il. C'est votre argent et votre temps. C'est aussi votre réputation.

Selina ne releva pas cette dernière remarque.

– Vous voulez aller à San Antonio aujourd'hui ?

– Dès que vous vous serez levée et habillée. Avez-vous faim ?

– Pas particulièrement.

– Une tasse de café ?

– S'il est fait.

– Je vous la prépare.

Il avait à moitié descendu l'escalier quand elle le rappela.

– Monsieur Dyer...

Il se retourna.

– Je n'ai rien à me mettre, dit Selina.

– Je vais en parler à Juanita.

Il trouva celle-ci sur la terrasse en train de repasser, le cordon du fer passant par une fenêtre ouverte.

– Juanita.

– *Señor.*

– Les affaires de la *señorita* sont prêtes ?

– Oui, *señor.*

Elle rayonnait. Visiblement enchantée par sa propre efficacité, elle lui tendit une pile de vêtements parfaitement pliés. Il la remercia et retourna dans la maison. Selina descendait les marches, flottant dans le pyjama de George. Elle paraissait ensommeillée et ses cheveux étaient ébouriffés.

– Voici, fit-il en lui passant la pile de vêtements.

– Oh, c'est fantastique.
– Ce n'est qu'un des avantages de cet hôtel.
– Elle a fait si vite... je n'aurais jamais cru...
Soudain, les mots se figèrent dans sa gorge. George fronça les sourcils. Sur le dessus de la pile, Selina venait de prendre sa robe, ou du moins, ce qui en restait. Juanita avait soumis la bonne laine anglaise au traitement qu'elle réservait au reste de sa lessive. Eau chaude, savon dur, essorage énergique. Selina tendit la « chose » à bout de bras. La robe aurait pu convenir à une fillette de six ans. Un seul détail rappelait ce qu'elle avait été, l'étiquette en soie d'une des meilleures maisons de Londres, cousue à l'intérieur du col.
Il y eut un long silence.
– C'est une ravissante petite robe, dit finalement George.
– Elle l'a lavée ? Pourquoi a-t-elle fait ça ? Il ne fallait pas... elle était seulement un peu humide...
– C'est de ma faute. J'ai dit à Juanita de la laver et quand je dis à Juanita de faire quelque chose, eh bien, elle le fait...
Il éclata de rire.
– Je ne trouve pas ça drôle du tout. C'est fort bien à vous de rire, mais que vais-je mettre maintenant ?
– Que faire sinon rire ?
– Je pourrais pleurer.
– Ce qui n'arrangerait rien.
– Je ne peux tout de même pas me promener en pyjama toute la journée.
– Pourquoi pas ? Il vous va à merveille.
– Je ne peux pas aller à San Antonio dans cette tenue.

George s'amusait énormément. Il fit un effort pour être sérieux et se gratta le front.

– Et votre manteau ?

– Je mourrai de chaleur dans ce manteau. Oh, pourquoi, mais pourquoi il ne m'arrive que des catastrophes !

– Maintenant écoutez... dit-il pour la calmer.

– Non, je n'écouterai pas !

George perdit patience.

– Très bien, n'écoutez pas, cria-t-il. Remontez vous coucher et pleurez tout le reste de la journée, mais avant, venez m'aider à composer le message pour votre banque. Je le porterai moi-même à San Antonio et vous pourrez rester ici à bouder.

– C'est la chose la plus injuste, la plus horrible que...

– D'accord, c'est horrible. Et peut-être dis-je des choses horribles parce que je suis moi-même un horrible type. Au moins, vous l'avez découvert à temps. Maintenant, venez vous asseoir et mettre votre tête de linotte en action. Il faut rédiger ce câble.

– Je ne suis pas une tête de linotte, se défendit-elle. Et même si c'était vrai, vous ne me connaissez pas depuis assez longtemps pour le savoir. Tout ce que j'essayais de dire, c'est que je ne peux pas me promener toute la journée dans mes sous-vêtements...

– Écoutez, ici, nous sommes à Cala Fuerte, pas à Queen's Gate. De mon point de vue, je me fiche que vous vous baladiez complètement nue, mais je préfère récupérer cet argent le plus vite possible et vous renvoyer, dans l'état où je vous ai trouvée, aux jardins de Kensington, auprès de votre nurse.

Il se penchait sur son bureau, à la recherche d'une

feuille blanche et d'un stylo. Quand il releva la tête, son regard brun était indéchiffrable.

– Si vous étiez plus âgée, avec un peu plus d'expérience, vous devriez me gifler, dit-il.

Selina se dit qu'elle ne se pardonnerait jamais de se mettre à pleurer de rage.

– L'idée ne m'a même pas effleurée, répliqua-t-elle d'une voix qui tremblait à peine.

– Eh bien, continuez dans ce sens, dit-il en s'asseyant à son bureau et en approchant la feuille de papier. Maintenant, quel est le nom de votre banque...

8

Après le calme de Cala Fuerte et la fraîcheur de ses places ombragées, on était saisi par la chaleur et la poussière qui régnaient, cet après-midi-là, dans San Antonio. Il y avait foule. Une intense circulation encombrait les rues. C'était un mélange inextricable de voitures qui klaxonnaient, de scooters, de charrettes en bois tirées par des ânes et de bicyclettes. Les trottoirs trop étroits étaient tellement bondés que les piétons devaient s'aventurer sur la chaussée, au péril de leur vie. George constata qu'il lui était impossible de faire un mètre sans être obligé d'appuyer sur le klaxon.

Le bureau des télécommunications et sa propre banque étaient tous deux situés sur la place centrale de la ville et se faisaient face de part et d'autre des promenades plantées d'arbres et des fontaines. George se gara à l'ombre et alluma une cigarette. Il irait d'abord à sa banque pour vérifier si, par chance, son argent avait été transféré de Barcelone. Il avait prévu, dans ce cas, de retirer tout l'argent en liquide, de déchirer le câble de Selina et de passer par l'aéroport pour acheter son billet de retour pour Londres.

L'argent n'était pas arrivé. Le caissier proposa gentiment à George de s'asseoir et de patienter... quatre ou cinq heures, pendant lesquelles il s'efforcerait de joindre Barcelone et de se renseigner. George l'avait écouté, fasciné, se demandant pourquoi il devrait attendre quatre ou cinq heures pour s'entendre dire que le téléphone était en panne et n'avait toujours pas été réparé.

Après six années de vie sur cette île, il hésitait encore entre l'exaspération et l'amusement devant la notion très particulière du temps qu'avaient les autochtones. Il se résigna à dire au caissier que ce nouveau retard n'avait guère d'importance et qu'il s'arrangerait sans cet argent. Il sortit du bâtiment et traversa la place. Après avoir gravi les marches d'un escalier impressionnant, il pénétra dans une immense pièce croulant sous le marbre qui faisait office de bureau des télécommunications.

Il recopia le message sur un document officiel et rejoignit une queue d'une lenteur désespérante. Quand il atteignit enfin le guichet protégé par une grille en fer, il était à bout de patience. L'homme derrière la grille avait un visage brun, cireux, une verrue sur le nez et ne connaissait pas l'anglais. Il lui fallut beaucoup de temps pour lire le message, compter les mots et consulter ses manuels. Il finit par apposer son cachet sur le document et annonça à George que cela lui coûterait quatre-vingt-quinze pesetas.

– Quand arrivera-t-il à Londres ? demanda George en payant.

L'homme jeta un œil à la pendule.

– Ce soir... peut-être.

– Vous allez l'envoyer sur-le-champ ?

L'homme à la verrue ne daigna pas répondre. Il regarda par-dessus l'épaule de George.

– Le suivant, s'il vous plaît.

Il était inutile d'insister. George ressortit du bâtiment, alluma une cigarette et se demanda ce qu'il allait faire maintenant. Pourquoi ne pas aller au yacht-club pour chercher son courrier ? Songeant qu'il était inutile de reprendre sa voiture, il se mit en route à pied.

Les foules le mettaient mal à l'aise. Il ne pouvait s'empêcher de marcher au milieu des rues, s'écartant à la dernière seconde pour laisser passer les voitures. Au-dessus de sa tête, les petits balcons croulaient de monde. D'énormes vieilles femmes vêtues de noir étaient assises devant leurs travaux de broderie et profitaient du soleil printanier. Des grappes d'enfants, les yeux comme des grains de raisin, observaient les passants à travers la dentelle en fer forgé des balustrades. Le linge qui séchait pendait d'un côté à l'autre de la rue, rappelant des bannières un jour de fête. Et, par-dessus tout, il y avait l'odeur de San Antonio. Une odeur d'égouts et de poissons, de bois de cèdre et de mauvais tabac, à laquelle se mêlaient des relents indéfinissables, provenant des zones portuaires.

Il atteignit un petit carrefour et fit halte sur le bord du trottoir. Il épiait le flot de la circulation pour pouvoir s'élancer et traverser. Un infirme vendait des billets de loterie dans un petit kiosque. Il aperçut soudain, au coin de la rue, une boutique dont les vitrines étaient pleines de chemisiers brodés, de jupes en coton, de chapeaux de plage, de chaussures et de tenues de bain.

George songea à Selina. S'il était impatient de la voir

embarquer sur un vol pour Londres, il dut admettre qu'elle pourrait difficilement voyager sans, au moins, une robe décente. Peut-être devrait-il lui en acheter une ? Mais au moment où il franchissait le seuil de la boutique, une idée bien plus amusante lui traversa l'esprit.

– *Buenos días, señor,* dit une femme rousse en se levant de derrière un petit comptoir en verre.

– *Buenos días,* répondit George, avant de lui demander, le visage impassible, ce qu'il recherchait.

Cinq minutes plus tard, il était de retour dans les rues encombrées, portant un petit paquet enveloppé avec soin dans un papier rayé rose et blanc. Il était en train de rire sous cape lorsqu'un brutal coup de klaxon le fit sursauter. Il poussa un juron et s'écarta de la chaussée. Le long museau noir d'une Citroën frôla son pantalon et s'arrêta.

– Eh bien, fit une voix aisément reconnaissable, regardez qui est en ville aujourd'hui.

C'était Frances. Elle était assise dans son cabriolet et paraissait à la fois surprise et heureuse. Elle portait des lunettes de soleil, un chapeau de paille très masculin, incliné sur le nez et une chemise rose délavée. Elle se pencha pour ouvrir la portière.

– Saute, je t'emmène !

Il s'assit auprès d'elle. Les sièges de cuir étaient tellement brûlants qu'il eut l'impression de griller. A peine avait-il fermé la portière que Frances avait redémarré, se faufilant lentement au milieu de la foule.

– Je ne m'attendais pas à te revoir de sitôt, dit-elle.

– Ce n'était pas prévu, en effet.

– Tu es ici depuis longtemps ?

– Pas plus d'une demi-heure. J'avais un câble à envoyer.

Frances ne fit pas de commentaire. Ils rencontrèrent un nouveau groupe de piétons qui encombraient la chaussée : de grosses dames en robes de coton sous des cardigans blancs, qui arboraient fièrement des chapeaux de paille trop neufs et des visages brûlés par le soleil. Le klaxon de Frances retentit de nouveau, et elles se retournèrent toutes, tétanisées, avant de s'éloigner précipitamment du vendeur de cartes postales autour duquel elles étaient agglutinées.

– Mais d'où viennent-elles ? s'interrogea George.

– Il y a un paquebot de croisière sur le port. Le premier de la saison.

– Oh, mon Dieu... ça a déjà commencé.

– Il faut voir le bon côté des choses, dit Frances en haussant les épaules. Au moins, elles dépensent de l'argent en ville. (Elle posa les yeux sur le paquet posé sur les genoux de George.) Qu'est-ce que tu as acheté dans la boutique de Teresa ?

– Comment sais-tu que c'était chez elle ?

– A cause du papier d'emballage. Les rayures roses et blanches. Je suis intriguée.

George prit le temps de réfléchir.

– Des mouchoirs, lâcha-t-il enfin.

– Je ne savais pas que tu en utilisais. (Ils étaient arrivés dans la rue principale de la ville, une artère surveillée par des policiers mal embouchés.) Où veux-tu aller ? demanda Frances.

– Voir si j'ai du courrier au yacht-club.

– Tu ne l'as pas pris hier ?

– Si, mais puisque je suis là...

Elle lui jeta un regard en coin.

– Tu es rentré chez toi sans problèmes ?

– Bien sûr.

– Le bateau, ça va ?

– Oui, pas de dégâts. Et vous, vous avez bien supporté l'orage, cette nuit ?

– Il nous a évités.

– Vous avez de la chance. Il était plutôt violent.

Ils attendirent que le feu passe au vert, et Frances s'engagea dans une rue étroite qui donnait sur le large boulevard en bordure de mer. C'était le quartier favori de George, un quartier plein de petits bars accueillants et de magasins d'accastillage et où se mêlaient les odeurs de goudron et de paraffine. Le port était encombré de navires. Goélettes et yachts, ferry de Barcelone, paquebot de croisière, tous étaient amarrés sur la jetée nord.

Il aperçut un yacht étrange, qu'il n'avait pas vu la veille.

– Pavillon hollandais, fit-il.

– Un jeune type nommé Van Trikker. Il fait un tour du monde.

Frances faisait profession de savoir ce genre de choses.

– En passant par la mer Méditerranée ?

– Pourquoi pas ? A quoi sert le canal de Suez ?

Il sourit. Frances se pencha en avant et attrapa un paquet de cigarettes dans le vide-poches. Elle le lui tendit. Il prit deux cigarettes qu'il alluma, une pour lui, une pour elle. Quand ils furent arrivés au yacht-club, il se hâta d'aller voir son courrier tandis qu'elle patientait. Il revint avec deux lettres qu'il glissa dans la poche arrière de son pantalon.

– Et maintenant ? demanda-t-elle.

– J'irais bien prendre un verre.

– Je t'accompagne.

– Est-ce que tu ne devrais pas plutôt être en train de vendre les œuvres d'Olaf Svensen à tous ces charmants touristes ?

– J'ai engagé une jeune étudiante. Elle peut s'occuper de ces Allemands. (Elle fit faire demi-tour à la voiture d'un seul mouvement de la main.) Je préfère m'occuper de toi.

Ils se rendirent chez Pedro, un peu plus loin sur le boulevard. Pedro avait disposé quelques tables sur le large trottoir et ils s'assirent à l'ombre d'un arbre. George commanda une bière pour lui-même et un cognac pour Frances.

– Chéri, dit-elle, comme tu es sobre, tout à coup.

– J'ai une vraie soif.

– J'espère que ce n'est pas grave.

Elle fouilla dans le dos de son compagnon et retira les lettres de sa poche. Elle les posa sur la table devant eux.

– Eh bien, ouvre-les.

– Pourquoi ?

– Parce que je suis curieuse. J'adore lire les lettres, spécialement celles des autres. (Elle ramassa un couteau sur la table d'une propreté douteuse et ouvrit les enveloppes.) Tiens ! maintenant, tout ce qu'il te reste à faire, c'est de les sortir et de les lire.

George obtempéra pour lui faire plaisir. La première contenait une lettre d'un magazine de sports nautiques, qui lui annonçait un règlement prochain de huit livres et dix shillings pour l'article qu'il leur avait soumis.

Il donna la lettre à Frances.

– Tu vois, qu'est-ce que je t'avais dit ? Bonne nouvelle, fit-elle après l'avoir parcourue.

– Mieux que rien, marmonna-t-il en ouvrant la seconde lettre.

– Ton article portait sur quoi ?

– Les performances des pilotes automatiques.

Elle lui tapota le dos.

– Comme il est intelligent... Et celle-là, qui te l'envoie ?

Elle provenait de son éditeur. Il était plongé dans sa lecture et ne répondit pas à Frances.

Cher Monsieur Dyer,

Je vous ai écrit pas moins de cinq lettres durant les quatre derniers mois, dans l'espoir que vous nous proposiez le synopsis, même bref, d'un deuxième livre. Une suite à Fiesta à Cale Fuerte *serait la bienvenue. Je n'ai reçu aucune réponse à ce jour. Toutes ces lettres vous ont été adressées au yacht-club de San Antonio et j'en suis à me demander si vous n'avez pas changé d'adresse postale.*

Je vous avais signalé avant même d'accepter la publication de Fiesta à Cala Fuerte *qu'il serait nécessaire d'envisager rapidement une suite, afin de maintenir l'intérêt que vous porte le public.* Fiesta à Cala Fuerte *s'est bien vendu et nous en sommes à sa deuxième réédition. Des négociations ont été engagées pour sa publication en livre de poche. Mais nous devons offrir bientôt un nouveau livre de vous, si vous ne voulez pas que vos ventes se détériorent.*

Je suis navré que nous n'ayons pu discuter de cette question de vive voix, mais j'insiste sur le fait que nous avons accepté de publier Fiesta à Cala Fuerte, *qu'à la seule condition que cet ouvrage soit le premier d'une série. J'avais d'ailleurs l'impression que vous aviez bien compris ce point capital.*

Je vous serais, en tout cas, reconnaissant de bien vouloir répondre à cette lettre.

Meilleures salutations.

Arthur Rutland.

George lut et relut attentivement la lettre avant de la laisser tomber sur la table. Le serveur avait apporté les boissons. La bière était si froide qu'elle avait givré le verre, au point qu'il ressentit une douleur en le saisissant, comme s'il avait touché de la glace.

– Ça vient de qui ? demanda Frances.

– Lis-la.

– Je ne veux pas la lire si tu n'en as pas envie.

– Allons, je t'en prie, lis donc.

Elle le fit tandis qu'il buvait sa bière.

– Eh bien, dit-elle, quand elle eut atteint le bas de la page, pas très aimable, cette lettre. Mais pour qui se prend-il ?

– Pour mon éditeur.

– Mais, bon Dieu, tu n'es même pas sous contrat !

– Les éditeurs n'aiment pas les auteurs d'un seul livre, Frances. Ce qu'ils veulent, c'est une production régulière et suivie, sinon ils préfèrent pas de livre du tout.

– Il t'avait déjà écrit ?

– Bien sûr. Il ne cesse de me poursuivre depuis quatre ou cinq mois. J'en ai même cessé d'ouvrir ses lettres.

– Et as-tu essayé d'écrire un deuxième livre ?

– Essayé ? Je m'y échine, tu peux dire, mais je ne trouve rien à raconter d'intéressant. J'ai écrit le premier livre parce que je commençais à avoir des problèmes d'argent... c'était pendant un long hiver, un hiver glacial. D'ailleurs, je n'ai pas cru un instant qu'on le publierait.

– Mais tu as pas mal voyagé, George... tu as fait tant de choses. Cette croisière en mer Égée..

– Crois-tu que je n'ai pas essayé ? Si tu savais... J'ai passé trois semaines à malmener ma machine à écrire. Eh bien, le résultat était aussi pénible à lire... qu'il avait été éprouvant à rédiger. Et puis, c'est un sujet éculé. Tout a déjà été dit sur cette région.

Frances tira une dernière bouffée de sa cigarette avant de l'écraser avec précaution dans le cendrier. Ses mains brunes étaient fortes comme celles d'un homme, avec des ongles larges et peints en rouge vif. Elle portait un lourd bracelet en or qui tintait sur le bois de la table dès qu'elle bougeait le bras.

– Est-ce vraiment aussi désastreux que ça ? demanda-t-elle en choisissant ses mots avec soin. Après tout, ton premier livre a été un succès. Si tu ne parviens pas à en écrire un autre, eh bien, ne t'acharne pas.

Un bateau sortait du bassin du yacht-club. On entendit au-dessus de l'eau un cliquetis de chaînes et une voile remonta le long du mât. Elle pendait mollement jusqu'à ce que le barreur vire de bord et là, elle se mit à frissonner puis à se déplier. Elle se gonfla bientôt, et le bateau se cabra en prenant de la vitesse à mesure qu'il prenait du vent.

– Je n'aime pas manquer à mes promesses, dit-il.

– Oh, chéri, tu en parles comme de quelque chose de personnel.

– Ça ne l'est pas ?

– Non, il s'agit d'affaires.

– Et même dans ce cas, tu pourrais rompre un engagement comme ça, sans états d'âme ?

– Bien sûr que non. Mais écrire, ce n'est pas comme vendre des chaussettes ou être banquier. Il s'agit de création. Les règles ne sont pas les mêmes. Si tu ressens un blocage, un manque d'inspiration, alors il n'y a rien à faire.

– Un blocage, reprit George avec amertume. C'est comme ça que ça s'appelle ?

Elle posa sa main, lourde du poids de son bracelet, sur le bras de George.

– Pourquoi n'oublies-tu pas toute cette affaire ? écris à ce M... (Elle jeta un coup d'œil sur la signature de la lettre.)... Ce M. Rutland et dis-lui : Eh bien, navré de vous décevoir, mais il n'y aura pas d'autres livres.

– Tu penses sérieusement que je pourrais faire ça ? Et après, que se passera-t-il ?

– Bon, fit-elle en haussant les épaules, avec une voix traînante, il y a tout de même d'autres choses dans la vie.

– Par exemple ?

– Ce sera Pâques dans deux semaines. (Elle prit machinalement le couteau qu'elle avait utilisé pour déchirer les enveloppes et se mit à faire des dessins imaginaires sur la table.) On m'a invitée à Malaga pour la corrida du dimanche de Pâques. J'ai des amis là-bas, des Américains. De vrais *aficionados*. A Malaga, on peut voir les meilleurs taureaux et les plus brillants toreros de toute l'Espagne. Et les fêtes se succèdent jour et nuit.

– Cela ressemble à une publicité d'agence de tourisme.

– Chéri, ne sois pas désagréable avec moi. Ce n'est pas moi qui ai écrit cette lettre, je n'ai fait que la lire.

– Je sais, pardonne-moi.

– Est-ce que tu viendras ? A Malaga ?

Le serveur rôdait autour d'eux. George lui fit signe et régla les consommations. Le garçon emporta les verres et George lui donna un pourboire avant de rassembler sa casquette, les deux lettres et son paquet rayé rose et blanc.

– Tu ne m'as pas répondu, dit Frances.

Il se leva en s'appuyant sur le dossier de sa chaise.

– Je crois que tu as oublié que je n'ai jamais été un *aficionado*. La vue du sang me fait tourner de l'œil.

– J'aimerais tant que tu viennes... dit-elle d'une voix d'enfant.

– Je risque de tout gâcher.

Elle détourna le regard pour cacher sa déception.

– Et où vas-tu maintenant ? demanda-t-elle.

– Je retourne à Cala Fuerte.

– Tu ne peux pas rester ?

– Non, il faut que je rentre.

– Ne me dis pas encore que tu dois rentrer pour t'occuper du chat !

– J'ai bien d'autres choses à faire qu'à m'occuper du chat, dit-il en pressant l'épaule de Frances en guise d'au revoir. Merci pour la balade.

L'obscurité tomba pendant que George roulait vers Cala Fuerte. L'air se rafraîchissait à mesure que le soleil baissait. Au crépuscule, il s'arrêta près d'une ferme solitaire pour enfiler le pull-over qu'il avait apporté avec lui. Sa tête émergeait du col quand il vit la fermière sortir de la maison pour aller tirer de l'eau. La silhouette de la femme se détacha sur la lumière jaune qui brillait dans l'embrasure de la porte. Il lui lança un *Buenas tardes !* et elle s'approcha, reposant le seau contre sa hanche. Elle lui demanda d'où il venait et où il allait.

Il avait soif et, avant de repartir, il accepta le verre qu'elle lui offrit. Les phares de sa voiture trouaient maintenant la nuit couleur de saphir. Les premières étoiles s'allumèrent dans le ciel et San Estaban lui apparut comme un halo de lumière dans l'ombre des montagnes. Quand il dévala la dernière portion de route vers Cala Fuerte, il sentit l'odeur de résine des pins, que le vent marin poussait jusqu'à lui.

Généralement, quand il arrivait à cet endroit, le sentiment de rentrer chez lui le rendait plein d'allant. Mais là, l'énergie lui manquait, et il comprit combien cette journée avait été pénible et déprimante. Rien n'avait bien marché. La lettre de Rutland avait ajouté un poids sur sa conscience, et il ne s'était toujours pas débarrassé de Mlle Queen's Gate. Il se demanda comment elle avait passé sa journée, non qu'il s'en souciât particulièrement, mais enfin, il ne pouvait s'empêcher d'espérer, au moment où il descendait la dernière côte avant la Casa Barco, qu'elle ne serait plus d'humeur aussi boudeuse.

Il rentra la voiture dans le garage, coupa le moteur et regarda sa montre. Il était plus de huit heures. Il sortit de la voiture, traversa le sentier, ouvrit la porte de la Casa Barco et entra. On aurait dit qu'il n'y avait personne. Pourtant, quelques indices témoignaient du fait que la maison avait été rangée avec un soin et une attention inhabituels. Le feu brûlait dans la cheminée, les lumières étaient allumées et, près de l'âtre, la table basse avait été recouverte d'une nappe bleu et blanc, dont George ignorait jusqu'à l'existence, et sur laquelle étaient disposés assiettes, verres, couteaux et fourchettes. Au milieu de la table trônait un vase de fleurs sauvages, et une délicieuse odeur de cuisine embaumait l'air. Il posa sa casquette et se dirigea vers la terrasse. Il marchait sans bruit dans ses espadrilles à semelles de corde. La terrasse n'était pas éclairée et il n'y avait personne en vue. Il se pencha par-dessus le mur pour constater que le chemin de halage était vide. On n'entendait que la rumeur des vagues et le craquement du canot qui tirait sur ses amarres. Soudain, la note chaude d'une guitare retentit depuis l'un des cafés du port et une femme entonna une de ces étranges mélopées à deux temps, héritage de l'occupation mauresque.

Il fronça les sourcils, surpris, et retourna dans la maison. La mezzanine était dans l'obscurité, mais la lumière brillait dans la cuisine. Il s'approcha et, se penchant par-dessus le bar, il aperçut Selina accroupie devant le four ouvert. Très concentrée, elle s'appliquait à verser de l'eau dans un plat.

– Bonsoir, dit-il.

Selina leva les yeux. Elle n'avait pas sursauté et il comprit qu'elle savait depuis le début qu'il était dans la maison. Il en fut déconcerté, comme si cela donnait à la jeune fille une sorte d'avantage.

– Hello, fit-elle.

– Que faites-vous ?

– Je prépare le dîner.

– Cela sent bon.

– J'espère que vous ne serez pas déçu. Je ne suis pas très bonne cuisinière.

– Qu'est-ce que c'est ?

– De la viande de bœuf avec des oignons, des épices et autres petites choses.

– Je ne savais pas que nous avions toutes ces merveilles à la maison.

– En effet. Je suis allée les acheter chez Maria.

– Vraiment ? (Il était impressionné.) Mais Maria ne parle pas anglais.

– J'ai trouvé un dictionnaire dans le tiroir de votre bureau.

– Et avec quel argent avez-vous fait ces achats ?

– Je crains bien d'avoir tout fait mettre sur votre note. Je me suis aussi acheté une paire d'espadrilles. Huit pesetas. Vous ne m'en voulez pas ?

– Pas du tout.

Elle considérait son plat d'un œil critique.

– Vous trouvez que cela ressemble à quelque chose ?

– Tout à fait. Ça a l'air délicieux.

– Je n'avais pas prévu de faire rôtir la viande, mais je

n'ai rien trouvé pour la faire revenir, sinon de l'huile d'olive. Et j'avais l'impression que cela n'irait pas.

Elle prit un torchon pour éviter de se brûler les doigts et remit le plat odorant dans le four. Elle referma la porte et se leva. Ils se faisaient face de chaque côté du bar.

– Vous avez passé une bonne journée ? demanda-t-elle.

Devant un accueil aussi réjouissant, George avait tout oublié de sa journée.

– Pardon ?... Oh, oui. Oui, très bonne.

– Vous avez pu envoyer le câble ?

– Oui, oui, je l'ai fait.

Il y avait quelques taches de rousseur sur le nez de la jeune fille et, sous la lumière, sa chevelure soyeuse brillait, révélant des mèches d'un blond très clair.

– Cela devrait prendre combien de temps ?

– Ce que nous avions prévu. Trois ou quatre jours. (S'appuyant sur le bar, les bras croisés, il ajouta :) Et vous, qu'avez-vous fait de votre journée ?

– Oh... (Elle paraissait nerveuse et, pour occuper ses mains, elle se mit à essuyer le dessus du bar avec le torchon, à la manière d'une servante appliquée.) Eh bien, je me suis faite une amie de Juanita, j'ai lavé mes cheveux, je me suis assise au soleil sur la terrasse...

– Vous avez des taches de rousseur.

– Je sais. C'est affreux, n'est-ce pas ? Et puis je suis allée faire des courses au village, ce qui m'a pris des siècles... Tout le monde voulait me parler et moi, bien sûr, je ne comprenais pas un mot de ce qu'on me disait. Enfin, je suis rentrée, j'ai épluché quelques légumes...

– Et fait un feu, l'interrompit George. Et un bouquet aussi...

– Vous l'avez remarqué ! Ces fleurs seront fanées demain, ce sont des fleurs sauvages que j'ai cueillies en chemin, quand je suis rentrée du village. (Il ne fit aucun commentaire et elle poursuivit, rapidement, comme si elle craignait la moindre pause dans leur conversation :) Avez-vous mangé quelque chose aujourd'hui ?

– Non, j'ai sauté le déjeuner. J'ai seulement pris une bière à quatre heures.

– Vous avez faim ?

– Je suis affamé.

– Je vais faire une salade. Tout sera prêt dans dix minutes.

– Êtes-vous en train de sous-entendre que je dois aller enfiler mon smoking et mettre un nœud papillon ?

– Non, rien de tel.

Il lui sourit, se redressa et s'étira.

– Je vous propose un marché, dit-il. Je vais aller faire un brin de toilette et vous me servez un verre.

Elle le regarda d'un air interrogateur.

– Quelle sorte de verre ?

– Scotch et eau gazeuse. Avec de la glace.

– Mais... je ne sais pas quelle quantité de whisky vous prenez.

– Deux doigts, dit-il, joignant le geste à la parole. Enfin, peut-être trois de vos doigts. Vous avez compris ?

– Je peux toujours essayer.

– Vous êtes charmante...

Il alla chercher une chemise propre et prit une douche aussi rapide que glacée. Il s'était rhabillé et se coiffait quand son reflet dans le miroir lui indiqua qu'il avait besoin de se raser.

George fit courageusement face à son reflet auquel il répondit, sans mâcher ses mots, qu'il avait plutôt besoin d'un bon verre, remarque à laquelle le reflet opposa des arguments irréfutables. S'instaura alors un curieux dialogue intérieur.

– *Elle a mis la table et elle a pris le temps de cueillir des fleurs, tu peux faire l'effort de te raser.*

– *Je ne lui ai jamais demandé de ramasser ces maudites fleurs.*

– *Tu ne lui as pas demandé non plus de préparer le dîner, et pourtant tu vas le manger.*

– *Oh, tais-toi* ! fit George en prenant son rasoir.

Il se rasa dans les règles et, pour finir, il s'aspergea d'une lotion après-rasage qu'il avait si peu utilisée qu'un dépôt s'était formé au fond du flacon.

– *Oh, très chic*, lui assurait maintenant le reflet, quand il se recula un peu pour s'admirer.

– *Satisfait* ? demanda George, et le reflet répondit par un sourire sardonique.

Le whisky l'attendait, posé sur la table basse près de la cheminée. Selina était retournée dans la cuisine où elle remuait la salade dans un grand saladier en bois. George attrapa son transistor et, s'asseyant dos au feu, il fit défiler les stations pour trouver une musique qui lui convienne.

– Il y a une sorte de fête, sur le port, fit Selina. Vous n'entendez pas les chants ?

– Si. C'est assez fascinant, non ?

– C'est tout à fait inhabituel comme mélodie.

– En effet. C'est un chant mauresque.

Le transistor, après moult grésillements, émit enfin le son chaud d'une guitare. George le reposa et prit son whisky.

– J'espère que cela vous conviendra, dit Selina.

Il le goûta. Il était trop fort.

– Parfait, dit-il.

– J'espère que le dîner sera parfait, lui aussi. J'aurais pu acheter du pain frais chez Maria, mais comme j'ai vu qu'il y en avait un panier entier, je ne l'ai pas fait.

– Juanita est une grande consommatrice de pain. Elle en prend tous les jours vers onze heures avec du fromage de chèvre et un verre de *vino tinto*. Je ne sais pas comment elle reste éveillée.

Selina sortit de derrière le bar, portant le saladier qu'elle posa au milieu de la table. Elle avait mis une chemise rayée bleu et vert que George n'avait jamais aimée jusqu'alors, et un pantalon bleu marine, net et bien repassé, qu'elle avait noué à la taille avec une fine lanière de cuir. George avait sincèrement oublié leur dispute du matin. Toute cette histoire ridicule lui était sortie de l'esprit, mais soudain, son subconscient refit surface. Il reconnut la ceinture comme étant l'une des siennes et, alors que Selina s'éloignait vers la cuisine, il tendit le bras et saisit la lanière de cuir.

– Où avez-vous trouvé ce pantalon ? dit-il.

– Il est à vous, répondit Selina, arrêtée dans son élan comme un chiot qu'on retiendrait par la queue.

Le ton neutre de sa voix n'était pas convaincant.

– Il est à moi ?

Il l'était, en effet. Son meilleur pantalon en serge

bleue. Il reposa son verre et fit pivoter Selina pour qu'elle lui fît face.

– Mais il est tout à fait à votre taille ! (George regardait Selina d'un air ahuri.) Mais c'est mon pantalon tout neuf !

– Eh bien... dit-elle, les yeux écarquillés. Vous savez, quand vous êtes parti ce matin, je n'avais rien d'autre à faire que de fureter ici et là. J'ai repéré ce pantalon que vous portiez hier soir. Il était assez sale, je veux dire, il y avait des petites taches sur le côté de la jambe, comme des taches de sauce. Alors, je l'ai descendu et je l'ai montré à Juanita, qui l'a lavé. Évidemment, il a rétréci.

Après une telle invention, Selina eut toutefois le mérite de prendre un air quelque peu gêné.

– C'est un mensonge pur et simple, dit George, et vous le savez. Ce pantalon revenait de la teinturerie, et depuis que je suis rentré de San Antonio, vous agissez comme une gamine qui a beaucoup à se faire pardonner. Et moi, pauvre idiot, qui imaginais que, par gentillesse, par courtoisie, vous m'aviez préparé à dîner. Mais ce n'était pas cela, n'est-ce pas ?

– Je n'avais absolument rien à me mettre, dit Selina d'une voix plaintive.

– Alors, vous vous êtes vengée sur mon meilleur pantalon.

– Ce n'était pas une vengeance.

– Tout cela parce que vous n'avez pas supporté que je vous taquine.

– Eh bien, on dirait que vous non plus vous n'avez guère le sens de l'humour.

– C'est différent.

– Ah bon ?

Il la foudroyait du regard, mais il sentait que sa fureur initiale commençait de s'étioler, à mesure que lui apparaissait le côté comique de la situation. Et puis, il y avait cette lueur au fond des yeux de Selina, une lueur qui dévoilait un côté inattendu de son caractère.

– Je n'aurais jamais cru que vous auriez le cran de vous débrouiller toute seule.

– C'est pour ça que vous êtes furieux... ?

– Non, bien sûr que non. Je suis ravi que vous ayez du cran. Et de toute façon, ajouta-t-il, se rappelant avec délice qu'il possédait un moyen parfait de répondre au mauvais tour qu'elle lui avait joué, j'ai quelque chose pour vous.

– Vraiment ?

– Oui. (Il avait jeté négligemment le paquet en même temps que sa casquette et il se leva pour aller le chercher.) Je vous ai acheté un cadeau à San Antonio. J'espère qu'il vous plaira.

Elle considérait le minuscule paquet avec circonspection.

– Cela ne peut pas être un vêtement...

– Ouvrez-le et regardez, dit George en reprenant son verre.

Elle dénoua minutieusement le ruban. Le papier d'emballage s'entrouvrit et Selina sortit les deux pièces de l'invraisemblable bikini rose qu'il lui avait acheté.

– Vous aviez l'air si malheureuse, ce matin, de n'avoir rien à vous mettre, dit-il sur un ton sérieux. J'espère que cette couleur vous convient.

Selina ne trouvait rien à dire. Le bikini lui semblait

au plus au point suggestif et le fait qu'il ait été offert par George Dyer rendait la situation trop embarrassante pour qu'elle parvienne à prononcer un mot. *Il n'imagine tout de même pas que je vais mettre une chose pareille* ? se dit-elle intérieurement.

– Merci, parvint-elle à murmurer, sans le regarder et rouge comme une pivoine.

Il pouffa de rire. Elle releva les yeux et fronça les sourcils.

– Personne ne vous a jamais fait de farces auparavant ? dit-il d'une voix enjouée.

Selina se sentit stupide. Elle secoua la tête.

– Pas même votre nurse ?

Il avait pris une voix grotesque et, cette fois-ci, Selina le trouva franchement drôle.

– Oh, soyez gentil avec ma nurse, dit-elle.

La gaieté de George l'avait définitivement gagnée.

– Ne cessez pas de sourire, dit-il. Vous devriez sourire tout le temps. Vous êtes très jolie quand vous souriez.

9

Le lendemain, à sept heures et demie, George Dyer ouvrit la porte à Juanita et la trouva, comme d'habitude, assise sur le mur, les mains posées sur ses genoux. Il y avait un panier à ses pieds, recouvert d'un morceau d'étoffe blanc. Juanita lui adressa un sourire mi-gêné, mi-radieux, en prenant le panier, et elle entra dans la maison.

– Allons, dites-moi ce que vous transportez, Juanita, plaisanta George.

– C'est un cadeau pour la *señorita.* Des oranges cueillies sur l'arbre de Pepe, le mari de Maria.

– C'est Maria qui les a envoyées ?

– Oui, *señor.*

– C'est gentil.

– La *señorita* dort toujours ?

– Je crois. Je ne suis pas allé voir.

Tandis que Juanita tirait de l'eau pour préparer son café, il ouvrit les volets, laissant le soleil du matin envahir la maison. Il sortit sur la terrasse et sentit sous ses pieds la fraîcheur des dalles de pierre. *L'Éclipse* se balançait doucement, sa mâture se détachant en blanc contre la ligne des pins. Peut-être installerait-il aujourd'hui la nouvelle hélice ? Il n'avait rien d'autre à faire. La journée s'étirait devant lui, merveilleusement vide, attendant qu'il en use comme il le voudrait. Il leva la tête et constata que l'aspect du ciel était bon. On distinguait quelques amas de nuages dans l'intérieur des terres, au-delà de San Estaban, mais la pluie ne quittait jamais les alentours des hauts pics montagneux. Sur la mer, le ciel était limpide, sans nuages.

Selina avait été réveillée par le fracas métallique du seau qui heurtait la paroi du puits. Elle rejoignit George, vêtue de la chemise qu'elle avait empruntée la veille au soir, et c'était apparemment à peu près tout ce qu'elle portait. Ses longues jambes fines avaient pris un ton légèrement hâlé. Ses cheveux étaient noués en un ingénieux chignon d'où s'échappaient deux grandes mèches soyeuses. Quand elle s'approcha de lui près du mur de la terrasse, il aperçut la petite chaîne dorée qu'elle portait autour du cou, à laquelle devait être attachée une médaille de baptême ou de communion. Il avait toujours détesté le mot « innocence », qu'il associait à l'image de gros bébés roses ou à ces cartes postales bariolées représentant des petits chats. Mais soudain, à la vue de Selina, ce mot lui traversa l'esprit, aussi clair et évident que le carillon d'une cloche, et il n'avait, cette fois, rien de péjoratif.

La jeune femme était en train de regarder Pearl qui pratiquait ses ablutions matinales au centre d'une tache de lumière qui éclaboussait le chemin de halage. De temps en temps, un poisson s'élançait vers la surface, et

Pearl cessait sa toilette et s'immobilisait, sa patte arrière dressée comme un piquet.

– Le jour où Tomeu nous a conduits ici, dit Selina, il y avait deux pêcheurs en bas, en train de vider des poissons et Tomeu leur a parlé.

– C'était Rafael, le cousin de Tomeu. Son bateau est amarré près du mien.

– On dirait que tous les habitants du village ont des liens de parenté.

– Plus ou moins. Juanita vous a apporté un cadeau.

Elle se retourna pour le regarder, ses mèches de cheveux dansant librement autour de son front.

– Vraiment. Qu'est-ce que c'est ?

– Allez voir.

– Je lui ai déjà dit bonjour, mais elle ne m'a pas parlé de cadeau.

– C'est parce qu'elle ne peut pas s'exprimer en anglais. Allez, elle meurt d'envie de vous le donner.

Selina disparut dans la maison. Un curieux échange de propos eut lieu avant que Selina réapparaisse, portant le panier qu'elle avait débarrassé de la pièce d'étoffe.

– Des oranges.

– *Las naranjas,* dit George.

– C'est ainsi qu'on les appelle ? J'ai cru comprendre qu'elles venaient de chez Maria.

– Le mari de Maria les cultive lui-même.

– N'est-ce pas adorable ?

– Il va falloir que vous alliez la remercier.

– Je ne peux rien faire sans parler l'espagnol. Combien de temps faut-il pour l'apprendre ?

– Quatre mois, dit-il en haussant les épaules. En vivant ici. Je n'en parlais pas un traître mot avant de m'installer.

– Mais vous parliez français.

– Oui, français et un peu italien. L'italien m'a été très utile.

– Il faut que j'essaie juste d'apprendre quelques mots.

– J'ai une grammaire que je peux vous prêter et un petit guide de conversation très bien fait.

– Je sais que *Buenos días,* c'est bonjour...

– *Buenas tardes,* bon après-midi, et *Buenas noches,* bonne nuit.

– Et... *Si*... Je sais que ça veut dire oui.

– Et *No*, c'est non. C'est un mot bien plus important à connaître pour une jeune fille.

– Même moi, avec ma tête de linotte, je sais cela.

– Hum, je n'en suis pas si sûr.

Juanita sortit de la maison avec le plateau du petit déjeuner. Elle disposa les tasses et les assiettes sur la table. George l'interrompit pour lui dire que la *señorita* avait été très heureuse du cadeau de Maria et qu'elle monterait sans doute au village dans l'après-midi pour la remercier personnellement. Le sourire de Juanita se fit plus éclatant que jamais et elle acquiesça de la tête, tout en remportant le plateau à la cuisine. Selina prit une *ensamada* et demanda :

– Qu'est-ce que c'est ?

– Elles sont faites chaque matin par le boulanger de San Estaban. Juanita me les rapporte toutes fraîches pour mon petit déjeuner. *Ensamadas.*

Elle en croqua une bouchée, et un goût délicieux de pâte feuilletée et de sucre envahit sa bouche.

– Est-ce que Juanita travaille pour d'autres gens que vous ?

– Pour son mari et ses enfants. Dans les champs et à la maison. Elle n'a jamais rien fait d'autre, sinon travailler toute sa vie. Travailler, se marier, aller à l'église et avoir des enfants.

– Elle a l'air si heureuse, non ? Toujours souriante.

Quand ils eurent fini de prendre leur petit déjeuner, ils partirent à pied pour le village avant qu'il ne fasse trop chaud. Selina avait enfilé le pantalon bleu marine de George et les espadrilles qu'elle avait achetées la veille chez Maria. George portait les paniers et, tout en marchant, lui apprenait à dire *Muchas gracias por las naranjas*.

Ils entrèrent dans la boutique de Maria, se frayant un chemin entre des rayonnages où s'empilaient les chapeaux de paille, l'huile solaire, les pellicules photos et les serviettes de bain. A l'arrière, le magasin s'élargissait en une grande pièce sombre, haute de plafond. Là, dans la fraîcheur de l'ombre, reposaient des barriques de vin, des cageots pleins de légumes et de fruits parfumés, et des baguettes de pain longues comme le bras. Maria, Pepe et Tomeu étaient occupés à servir. Plusieurs clients patientaient devant le comptoir. Mais, lorsque George et Selina apparurent, ils cessèrent tous de parler et tournèrent la tête. George donna un petit coup de coude à Selina qui s'avança et bégaya : « *Maria, muchas gracias por las naranjas* », ce qui eut pour effet de déclencher de grands rires et de non moins grandes tapes dans le dos. On aurait dit qu'elle avait réalisé un exploit particulièrement remarquable.

George et Selina laissèrent à Tomeu leurs paniers remplis de vin, de pain et de fruits, pour qu'il les livre en bicyclette à la Casa Barco. George accepta le verre de cognac que lui offrait Pepe, puis, en compagnie de Selina, il se dirigea vers l'hôtel *Cala Fuerte*. Ils s'assirent au bar et Rudolfo leur servit du café. Ils l'informèrent qu'un câble avait été envoyé à Londres et qu'ils pourraient bientôt le rembourser, mais Rudolfo se contenta de rire en expliquant qu'il n'était pas pressé. George reprit un cognac et, après les salutations d'usage, ils retournèrent à la maison.

Dès qu'ils furent arrivés, George dénicha la vieille grammaire dont il s'était jadis servi pour apprendre l'espagnol et la donna à Selina.

– Je commence tout de suite, dit-elle.

– Bon, mais avant de vous plonger là-dedans, voulez-vous m'accompagner ? Je vais sur *L'Éclipse*.

– On va pouvoir naviguer un peu ?

– Naviguer un peu ? On n'est pas à Frinton, vous savez, dit-il avec un accent comiquement faubourien. Un p'tit tour de l'île pour la mam'zelle ?

– Je pensais simplement que vous comptiez faire une promenade en mer, dit-elle doucement.

– Eh bien non. Mais il faut bien que je m'occupe de cette nouvelle hélice un jour ou l'autre. Pourquoi pas aujourd'hui ? Vous pourrez vous baigner, si cela vous chante, mais je vous signale que l'eau est glaciale.

– Est-ce que je peux apporter le livre de grammaire avec moi ?

– Apportez tout ce que vous voulez. Nous pourrions faire un pique-nique.

– Un pique-nique ?

– Juanita va nous préparer un panier. Ça ne vaudra peut-être pas les meilleurs traiteurs de Londres...

– Oh oui, je vous en prie, demandez-lui. Comme ça, nous n'aurons pas à rentrer pour déjeuner.

Une demi-heure plus tard, ils s'installaient dans le canot. Selina était assise à l'arrière, la caisse contenant l'hélice coincée entre les jambes. Elle s'était munie de la grammaire, d'un dictionnaire et d'une serviette de bain pour le cas où elle aurait envie de se baigner. Le panier de pique-nique était posé au fond du canot, devant les pieds de George qui ramait en cadence. Juanita apparut sur la terrasse et agita un torchon, comme si elle leur disait adieu pour toujours, tandis que Pearl allait et venait au bord de l'eau en miaulant plaintivement.

– Pourquoi ne pouvons-nous pas la prendre avec nous ? voulut-elle savoir.

– Elle sera malheureuse dès qu'elle posera les pattes sur le bateau. Le moindre clapotis la rend malade.

Les mains abandonnées au courant, Selina regardait les algues vertes qui ondulaient au fond de l'eau.

– C'est comme de l'herbe agitée par le vent, n'est-ce pas ? Ou une forêt sous-marine. (L'eau était très froide. Elle retira sa main et se retourna pour observer la Casa Barco, fascinée de la voir sous cet angle inédit.) Elle ne ressemble pas aux autres maisons.

– C'était un hangar à bateaux. *Barco* veut dire bateau.

– Et c'en était toujours un quand vous êtes arrivé ici ?

George reposa ses bras sur les rames.

– Pour un membre assidu du fan-club de George

Dyer, vous semblez avoir lu mon livre pour le moins superficiellement. Au fait, l'avez-vous seulement lu ?

– Je dois avouer que je l'ai seulement feuilleté, la seule chose qui m'importait était de vous retrouver, car j'étais persuadée que vous étiez mon père.

George se remit à ramer.

– C'est depuis la mer que j'ai vu Cala Fuerte pour la première fois. Je venais de Marseille, seul à bord. Quand j'ai vu cette crique, j'ai aussitôt été séduit et j'y ai jeté l'ancre, à quelques mètres de l'endroit où *L'Éclipse* est amarrée aujourd'hui.

– Pensiez-vous que vous alliez rester vivre ici ?

– Je ne sais pas à quoi j'ai songé alors. J'étais trop fatigué pour penser. Mais je me souviens de la bonne odeur des pins au petit matin.

Il ne restait que quelques mètres et ils se laissèrent glisser jusqu'à la coque de *L'Éclipse*. George se leva et saisit le rail de sécurité. Il grimpa sur le pont arrière en s'agrippant à la bosse d'amarrage, fixa solidement le canot et revint pour aider Selina à décharger. Elle lui tendit sa serviette, ses livres et le panier de pique-nique avant de monter à bord tandis que George sautait dans le canot pour s'occuper de la lourde caisse qui contenait l'hélice.

La bâche goudronnée était toujours déroulée sur le toit de la cabine où George l'avait laissée, et elle était maintenant tout à fait sèche. Selina descendit dans le poste de pilotage et posa le panier sur un siège. Elle regardait autour d'elle avec ce mélange d'étonnement et d'admiration qu'éprouvent ceux qui ne sont jamais montés sur un petit bateau de croisière.

– C'est très petit, dit-elle.

– A quoi vous attendiez-vous ? Au *Queen Mary* ?

George déposa l'hélice sur le sol du cockpit et s'accroupit pour la caler sous l'un des sièges.

– Non, bien sûr que non.

Il se redressa.

– Venez. Je vais vous faire visiter.

Les marches qui descendaient de l'écoutille menaient à un espace occupé par la cuisine et par la table de navigation sous laquelle de larges tiroirs abritaient les cartes marines. Plus loin, se trouvait le carré, meublé de deux couchettes disposées de chaque côté d'une table rabattable. Selina demanda à George si c'était là qu'il dormait. Il acquiesça, et la jeune femme lui fit alors remarquer qu'il mesurait au moins un mètre quatre-vingts tandis que les couchettes ne devaient pas dépasser un mètre cinquante. Avec l'expression d'un conjuré, George lui montra comment l'extrémité de chaque couchette se dépliait à l'intérieur de la paroi lambrissée.

– Oh, je vois. Alors, vous dormez les pieds dans un trou.

– C'est l'idée en effet. Tout à fait confortable.

Il y avait toutes sortes de livres retenus sur leurs étagères par des barres de sécurité. Des coussins bleus et rouges égayaient les couchettes et une lampe à huile était suspendue à un cardan. On voyait aussi quelques photographies de *L'Éclipse* toutes voiles dehors, un majestueux spinnaker rayé gonflé par le vent. Dans un coin, une petite armoire de rangement ouverte laissait entrevoir des cirés jaunes. George poursuivit la visite, tournant autour de la colonne blanche du mât et Selina le suivit jusqu'à une petite pièce triangulaire où se trouvaient les toilettes et les casiers pour les instruments de navigation.

– Cela semble si petit, dit-elle de nouveau. Je n'arrive pas à imaginer comment on peut vivre dans si peu d'espace.

– On s'y habitue. Et quand vous êtes seul, vous vivez dans le poste de pilotage, et la cuisine est disposée de manière qu'on puisse attraper de la nourriture sans quitter la barre. Venez, remontons.

Selina s'éloigna et George resta en arrière le temps d'ouvrir les hublots. La jeune femme rapporta le panier de pique-nique qu'elle déposa à l'abri du soleil, dans la petite cuisine. Selina ayant fait remarquer que le vin était affreusement chaud, George noua une cordelette autour du goulot de la bouteille, qu'il fit glisser par-dessus bord. Puis il redescendit dans le carré, d'où il revint avec le matelas en mousse de l'une des couchettes.

– Pour quoi faire ?

– J'ai pensé que vous voudriez peut-être prendre un bain de soleil. Il hissa le matelas sur le toit de la cabine.

– Et vous, qu'allez-vous faire ? Remettre l'hélice ?

– Non, pas tout de suite. Je vais attendre que l'eau se réchauffe un peu... ou bien j'essaierai de trouver quelqu'un qui puisse l'installer à ma place.

Il disparut de nouveau à l'intérieur et Selina, la grammaire espagnole à la main, monta s'allonger sur le matelas. « Les noms sont soit masculin, soit féminin. On doit toujours les apprendre précédés de leur article défini. »

Il faisait de plus en plus chaud. Sa tête retomba sur le livre ouvert et elle ferma les yeux. Le clapotis de l'eau et le parfum des pins se mêlaient à la douce chaleur du soleil. Dans un geste de total abandon, elle étendit les bras, puis les mains. Le reste du monde s'éloignait. La réalité, c'était ici et maintenant, un yacht blanc ancré dans une crique bleue, avec George Dyer qui s'affairait en dessous, dans la cabine, ouvrant et fermant des casiers et jurant à l'occasion, lorsqu'il faisait tomber quelque chose.

Quelques instants plus tard, elle ouvrit les yeux et appela George.

– Hum... ?

Il était assis dans le poste de pilotage, torse nu, et fumait une cigarette en enroulant patiemment un cordage.

– Je connais les genres masculin et féminin, maintenant.

– C'est un bon début.

– Je pensais aller nager...

– Eh bien, faites-le.

Elle s'assit, écartant ses cheveux de son visage.

– Elle est très froide, non ?

– Après Frinton, rien ne saurait être froid.

– Comment savez-vous que j'allais à Frinton ?

– J'ai une sorte de connaissance instinctive de tout ce qui vous concerne. Je vous imagine passant vos étés là-bas avec votre nurse. Bleue de froid et frissonnante.

– Vous avez raison, bien sûr. Et il y avait des galets sur la plage. Je portais toujours un énorme gilet pardessus mon maillot de bain. Agnès détestait cet endroit, elle aussi. Dieu sait pourquoi on nous envoyait là.

Elle se leva et commença à déboutonner sa chemise.

– C'est très profond, dit George, vous savez nager ?

– Évidemment que je sais.

– Je garde le harpon à portée de main, pour les requins mangeurs d'hommes.

– Comme c'est drôle.

Elle ôta sa chemise. Elle portait le bikini qu'il lui avait offert.

– Bon Dieu ! s'exclama-t-il.

Il n'aurait jamais imaginé qu'elle oserait le mettre. La plaisanterie s'était retournée contre lui et il se retrouvait dans la situation typique de l'arroseur arrosé. Le mot d'innocence lui revint alors à l'esprit. Il songea à Frances, à son corps habitué au vent et au soleil, bronzé au point d'en être noir, et à ces bikinis racoleurs qui, sur elle, paraissaient si vulgaires.

Il n'était pas sûr que Selina ait entendu son cri de surprise. Elle avait plongé au même moment et maintenant, elle nageait. Il l'observa. Sa nage était parfaite, liée en même temps qu'efficace, et ses longs cheveux flottaient derrière elle tels ceux d'une belle sirène.

Quand elle remonta à bord, tremblante de froid, il lui tendit une serviette avant de descendre dans la cuisine pour lui trouver quelque chose à manger, une tartine de pain, par exemple, avec un peu du fromage de chèvre de Juanita. Quand il revint, elle était remontée sur le rouf, en plein soleil, et se frictionnait les cheveux avec la serviette. Elle lui rappelait Pearl. Il lui tendit la tartine de fromage.

– A Frinton, c'était toujours un biscuit au gingembre. Agnès disait que c'était le meilleur remède contre les frissons...

– Ça ne m'étonne pas d'elle.

– Vous ne devriez pas dire cela. Vous ne l'avez jamais rencontrée.

– Pardonnez-moi.

– Vous l'aimeriez sûrement. Dans un sens, vous vous ressemblez. Agnès a toujours l'air terriblement en colère, mais cela ne veut rien dire. Elle aboie plus qu'elle ne mord.

– Merci beaucoup.

– Cela voulait être un compliment. J'adore Agnès.

– Peut-être que si j'apprenais le tricot, vous finiriez aussi par m'adorer.

– Pourrais-je avoir une autre tartine ? J'ai très faim.

Il redescendit et quand il revint, elle était de nouveau allongée sur le ventre, la grammaire ouverte devant elle.

– *Yo,* je, lisait-elle. *Tú,* tu. *Usted,* vous.

– Pas « ousted ». « Ousté »... fit-il en tentant de rendre la bonne prononciation.

– Ousté... (Elle prit la tartine et commença à la manger d'un air absent.) Vous savez, c'est drôle, mais alors que vous savez beaucoup de choses sur moi... Évidemment j'ai dû vous en parler puisque je vous croyais mon père.... je ne sais rien de vous.

George ne répondit pas et elle leva la tête. Il se tenait debout dans le poste de pilotage et son visage, tout proche, était au même niveau que celui de Selina. Mais George tournait la tête dans une autre direction, contemplant une barque de pêche qui quittait le port en tanguant sur l'eau d'un bleu-vert translucide. Selina observait la ligne brune de ses sourcils, sa joue et sa mâchoire.

– Non, dit-il peu après sans changer de position. En effet, vous ne savez rien.

La barque avançait doucement entre les bouées qui signalaient le passage en eau profonde.

– Et qu'est-ce que vous êtes tant désireuse de savoir ?

– Rien. (Elle regrettait déjà d'avoir abordé le sujet.) Rien en particulier. (Elle corna la page de sa grammaire. Se souvenant alors que c'était une mauvaise habitude, elle déplia vivement le coin de la page, qu'elle se mit à lisser consciencieusement.) Je suppose que je suis seulement curieuse. Rodney, mon avocat... vous savez, je vous en ai parlé... c'est lui qui m'a offert votre livre. Et quand je lui ai dit que je pensais que vous étiez mon père et que je voulais vous retrouver, il m'a conseillé de ne pas réveiller l'eau qui dort.

– Rodney a fait là une remarque judicieuse (La barque passa devant eux en direction du large. Le pêcheur poussa le moteur et l'embarcation fila vers la haute mer. George se retourna pour dévisager Selina.) C'est moi l'eau qui dort ?

– En quelque sorte. Disons qu'il craignait que je ne provoque un tas de complications.

– Vous n'avez pas suivi ses conseils.

– Non, je sais... Je dois vous paraître terriblement indiscrète, n'est-ce pas ? Si c'est le cas, pardonnez-moi.

– Je n'ai rien à cacher.

– J'ai toujours été comme ça : j'aime connaître la vie des gens, savoir quels sont leur famille et leurs parents.

– Mon père a été tué en quarante.

– Votre père a été tué lui aussi !

– Son destroyer a été torpillé par un sous-marin, dans l'Atlantique.

– Il était dans la marine ? (George acquiesça.) Quel âge aviez-vous ?

– Douze ans.

– Vous aviez des frères et sœurs ?

– Non.

– Qu'est-ce qui s'est alors passé pour vous ?

– Eh bien, voyons... j'ai été mis en pension, puis j'ai fait mon service militaire. Là j'ai décidé de rester dans l'armée et je me suis engagé.

– Vous vouliez être dans la marine, comme votre père ?

– Non. Je pensais que l'armée de terre serait plus amusante.

– Ça l'a été.

– En partie. Pas toujours. Et puis, mon oncle George, qui n'avait pas de fils, a suggéré que ce serait une bonne idée pour moi d'entrer dans l'affaire de famille.

– Quel genre d'affaire ?

– Des usines textiles à l'ouest du Yorkshire.

– Vous avez accepté ?

– Oui. Essentiellement par devoir.

– Mais vous n'en aviez pas vraiment envie.

– Non, en effet.

– Alors, que s'est-il passé ?

Il prit un air lointain.

– En fait, rien. Je suis resté cinq ans à Bradford, ce que je m'étais engagé à faire, et puis j'ai revendu mes parts dans l'affaire et je suis parti.

– Votre oncle George était d'accord ?

– Il n'était pas vraiment ravi.

– Et qu'avez-vous fait alors ?

– J'ai acheté *L'Éclipse* grâce au montant de la vente et, après quelques années de vagabondages, je me suis fixé ici où je vis très heureux depuis.

– Et vous avez écrit votre livre.

– En effet.

– N'est-ce pas la chose la plus importante de toutes ?

– Pourquoi donc ?

– Parce que c'est de la création. Cela vient du plus profond de vous. C'est un don que de savoir écrire. Moi, je ne sais rien faire.

– Je pourrais dire la même chose, rétorqua George, d'où ce message énigmatique que M. Rutland m'a adressé par votre intermédiaire.

– Vous n'allez pas écrire d'autres livres ?

– Croyez-moi, si je pouvais... J'ai bien commencé, mais le résultat était si désastreux que j'ai tout déchiré avant d'en faire une sorte de feu de joie rituel ! C'était décourageant, pour ne pas dire plus. J'avais promis à mon éditeur de lui remettre un projet. Une ébauche, même succincte, aurait fait l'affaire. J'avais un an pour ça et, bien entendu, je n'ai rien fait. On m'a dit que je souffrais d'une sorte de blocage.

– Ce second livre traitait de quoi ?

– D'un voyage que j'ai fait en mer Égée avant de venir m'installer ici.

– Et qu'est-ce qui n'allait pas ?

– C'était fastidieux. J'avais fait un voyage superbe, mais à ma façon de le décrire, il devenait aussi passionnant qu'un trajet en bus à travers le nord de l'Angleterre, un dimanche pluvieux de novembre. Et puis tout a déjà été dit sur cette région.

– La question n'est pas là. Vous devez trouver un angle d'approche original, une idée nouvelle qui n'a pas encore été exploitée. N'est-ce pas ainsi qu'il faut procéder ?

– Si, bien sûr, dit-il en lui souriant. Vous n'êtes pas aussi enfantine que vous en avez l'air.

– Vous dites des choses gentilles d'une manière vexante.

– Je sais. Je suis tordu et pervers. Maintenant, et ces pronoms personnels ?

Selina retourna à son livre.

– *Usted,* vous. *El,* il. *Ella...*

– Vous devez prononcer « ellia » comme s'il y avait un *i* derrière le *l*.

– « Ellia », répéta Selina avant de le regarder à nouveau. Vous ne vous êtes jamais marié.

Tout d'abord, il ne réagit pas. Puis son visage se crispa comme si elle avait soudain allumé une bougie qu'elle aurait approchée de ses yeux.

– Je ne me suis jamais marié, dit-il enfin avec calme. Mais j'ai été fiancé, une fois. (Encouragé peut-être par le silence de Selina, il pouruivit :) Je vivais alors à Bradford. Ses parents étaient de la région, des gens très riches, très gentils, des autodidactes. Le sel de la terre, vraiment. Le père conduisait une Bentley et la mère une Jaguar. Jenny possédait un splendide pur-sang de dix pieds de haut. La famille avait l'habitude d'aller à Saint-Moritz pour skier, sur l'île de Formentera pour les vacances d'été et à Leeds pendant le Festival de musique parce qu'ils considéraient qu'ils se devaient de s'y rendre.

– Je ne sais pas si vous essayez d'être aimable ou cruel ?

– Moi non plus.

– Mais pourquoi a-t-elle rompu ?

– Pas elle. Moi. Deux semaines avant le plus extravagant mariage que Bradford aurait pu connaître. Pendant des mois, nous n'avons pas eu un seul instant d'intimité entre les demoiselles d'honneur, le trousseau, les traiteurs, les photographes... et les cadeaux, les monceaux de cadeaux, qui commencèrent bientôt à dresser un haut mur entre nous qui m'empêchait d'approcher ma fiancée. Et quand j'ai compris que ce mur ne la dérangeait pas, qu'elle ne l'avait même pas remarqué... eh bien, j'ai décidé de sauvegarder le peu d'amour-propre qui me restait.

– Vous lui avez dit que vous ne l'épouseriez pas ?

– Oui. Je suis allé chez elle. Je le lui ai dit, puis j'ai informé ses parents. Et tout cela se passait dans une pièce qui croulait sous les boîtes et les paquets, les papiers d'emballage et les bougeoirs en argent, les saladiers, les services à thé et une bonne centaine de porte-toasts. Ce fut horrible. Un cauchemar. (Il eut un léger frémissement à ce souvenir.) J'avais l'impression d'être un assassin.

Selina songea à son nouvel appartement, aux rouleaux de moquette et au chintz, au rituel d'un mariage à l'église, en robe blanche, avec M. Arthurstone pour la guider vers l'autel. La panique qui l'envahit soudain ressemblait à celle d'un mauvais rêve. Être perdu et savoir qu'on est perdu. Savoir que quelque part, vous avez pris la mauvaise direction et que plus loin, il n'y aura rien d'autre qu'un désastre, des précipices et des falaises abruptes, toute une suite de peurs et d'angoisses. Elle aurait voulu s'élancer pour fuir et échapper à tout ce à quoi elle s'était engagée.

– C'est... c'est alors que vous avez quitté Bradford ?

– N'ayez pas l'air aussi horrifiée. Non, j'avais encore deux ans à tirer dans l'affaire familiale. Je les ai passés *persona non grata* auprès de toutes les mères de jeunes filles à marier, et rejeté par toutes sortes de personnes. C'était assez intéressant, dans un sens, j'ai pu compter mes amis... (Il s'approcha pour poser ses coudes sur le bord du rouf où était allongée Selina.) Mais tout cela ne fait guère avancer votre connaissance de l'espagnol castillan. Voyons si vous pouvez conjuguer *hablar* au présent.

– *Hablo,* commença-t-elle. Je parle. *Usted habla,* vous parlez. Est-ce que vous l'aimiez ?

George lui jeta un rapide regard. Il n'y avait pas de colère dans ses yeux noirs, seulement de la peine. Alors, il posa sa main brunie sur la page ouverte de la grammaire espagnole.

– Maintenant, recommencez sans regarder le livre. Il ne faut pas tricher.

La Citroën entra à Cala Fuerte au moment le plus chaud de la journée. Le soleil étincelait dans un ciel bleu sans nuages, l'ombre était noire, la poussière et les maisons très blanches. On ne voyait pas âme qui vive. Les volets étaient fermés. Quand Frances s'arrêta devant la façade du *Cala Fuerte* et coupa le puissant moteur de sa voiture, il se fit un grand silence que brisait à peine le craquement des pins qui semblaient se plier au souffle d'une brise imperceptible et mystérieuse.

Elle sortit de la voiture et fit claquer la portière. Après avoir gravi les marches de l'hôtel, elle pénétra dans le bar de Rudolfo. Après l'éclat du soleil, il lui fallut quelques secondes pour que ses yeux s'habituent à l'obscurité. Elle finit par apercevoir Rudolfo qui s'accordait une sieste dans l'une des chaises longues en osier. Il s'était réveillé à son entrée et se levait, engourdi et surpris.

– Eh bien, bonjour, *amigo,* dit-elle.

Il se frotta les yeux.

– Francesca, qu'est-ce que vous faites ici ?

– Une promenade depuis San Antonio, c'est tout. Vous pouvez me servir quelque chose ?

– Que voulez-vous boire ? dit-il en se hâtant derrière son bar.

– Une bière fraîche ?

Elle s'affala sur un tabouret et sortit une cigarette qu'elle alluma avec le briquet que Rudolfo avait poussé dans sa direction. L'homme décapsula la bière et la versa, avec soin, sans qu'elle déborde.

– Ce n'est pas le meilleur moment de la journée pour rouler dans une voiture décapotable, dit-il.

– Ça ne me gêne pas.

– Il fait très chaud pour la saison.

– En effet, c'est le jour le plus chaud que nous ayons

eu jusqu'à maintenant. San Antonio est une vraie fournaise aujourd'hui. Cela fait du bien d'en sortir.

– C'est pour ça que vous êtes ici ?

– Pas seulement. Je suis aussi venue voir George.

Rudolfo répondit à sa façon bien à lui, en haussant les épaules et en contractant les coins de sa bouche. Il semblait insinuer quelque chose et Frances fronça les sourcils.

– Il n'est pas là ?

– Bien sûr qu'il est là. (Une lueur malicieuse apparut dans son regard.) Vous savez qu'il y a de la visite à la Casa Barco ?

– De la visite ?

– La fille de George.

– Sa fille ! (Après une seconde d'un silence pesant, Frances éclata de rire.) Vous êtes fou ?

– Je ne suis pas fou... et sa fille est bien ici.

– Mais... mais George n'a jamais été marié.

– Je n'en savais rien, dit Rudolfo.

– Quel âge a-t-elle, pour l'amour de Dieu ?

– Dix-sept ans, fit-il en haussant de nouveau les épaules.

– Mais c'est impossible...

Rudolfo commençait à être agacé.

– Francesca, si je vous dis qu'elle est là.

– J'ai rencontré George hier, à San Antonio. Pourquoi ne me l'a-t-il pas dit ?

– Il ne vous a rien dit ?

– Non. Rien.

Ce n'était pas tout à fait exact. George s'était comporté la veille d'une façon inhabituelle, légèrement suspecte aux yeux de Frances. Ce besoin urgent d'adresser un câble alors qu'il était en ville le jour précédent, l'achat qu'il avait fait chez Teresa, la plus « féminine » des boutiques de la ville, et puis son départ soudain en laissant entendre qu'il avait des choses à faire chez lui. Frances avait remâché ces trois indices durant la soirée et presque toute la nuit et était parvenue à la conclusion qu'ils cachaient quelque chose qu'elle devait absolument connaître. Au matin, n'y tenant plus, elle avait décidé de se rendre à Cala Fuerte. Même s'il n'y avait rien à découvrir, au moins elle verrait George. D'ailleurs, les rues et les trottoirs bondés de San Antonio avaient commencé à lui porter sur les nerfs et l'idée de retrouver les criques désertes, l'eau bleue et l'odeur des pins de Cala Fuerte lui avait paru des plus séduisantes.

C'était donc ça ! se dit-elle. George avait une fille. Elle écrasa sa cigarette et s'aperçut que sa main tremblait.

– Quel est son nom ? demanda-t-elle avec tout le calme dont elle était capable.

– La *señorita* ? Elle se nomme Selina.

– Selina.

Elle prononça ce nom comme s'il lui laissait un mauvais goût dans la bouche.

– Elle est charmante.

Frances finit sa bière et, reposant le verre vide, s'écria :

– Je crois qu'il vaudrait mieux que j'aille là-bas pour me faire une opinion par moi-même.

– Oui, c'est une bonne idée.

Elle sauta du tabouret, ramassa son sac et se hâta vers la porte. Mais, arrivée au rideau en chaînettes, elle s'arrêta et se retourna. Rudolfo était en train de l'observer avec une lueur d'amusement dans les yeux.

– Rudolfo, si je voulais rester ici cette nuit... Vous auriez une chambre pour moi ?

– Bien sûr, Francesca. Je vais la faire préparer.

Elle fonça dans un nuage de poussière jusqu'à la Casa Barco et abandonna la Citroën dans le seul coin d'ombre qu'elle put trouver. Traversant le sentier jusqu'à la maison, elle poussa la porte verte, et s'écria : « Il y a quelqu'un ? » Il n'y eut pas de réponse. Elle entra.

L'endroit était vide. Il flottait une odeur légère de cendres et de fruits. Les fenêtres étaient ouvertes et il faisait délicieusement frais. Elle jeta son sac sur un fauteuil et se mit à flâner dans la maison, à la recherche des signes d'une présence féminine. Elle n'en découvrit aucun. Elle perçut un bruit assourdi venant de la mezzanine, mais quand elle se retourna, elle constata que ce n'était que le chat ridicule de George qui avait sauté du lit et descendait les marches pour accueillir la visiteuse. Frances n'aimait pas les chats, spécialement celui-ci, et elle lui donna un petit coup de pied, ce qui n'entama pas la dignité de Pearl. La chatte s'éloigna sans se presser, le dos rond et la queue dressée, et sortit sur la terrasse. Frances la suivit en emportant les jumelles de George. *L'Éclipse* était ancrée à l'endroit habituel. Frances porta les jumelles à ses yeux et, quand elle eut fait la mise au point, le yacht et ses occupants semblèrent bondir vers elle. George était dans le poste de pilotage, avachi sur une des banquettes, sa vieille casquette rabattue sur les yeux et un livre sur la poitrine. La fille était allongée sur le rouf découvrant des membres longs et une abondante chevelure blond clair aux légers reflets roux. Elle portait une chemise qui paraissait devoir appartenir à George. Frances ne pouvait pas voir son visage. C'était une scène de parfaite félicité, et Frances fronçait les sourcils quand elle baissa les jumelles. Elle les reposa sur la table et alla se servir un peu d'eau fraîche. Rapportant le verre sur la terrasse, elle plaça la chaise la moins bancale à l'ombre de l'auvent, s'étira, maussade, et s'installa dans l'attente.

– Vous êtes réveillée ? demanda George.

– Oui.

– Je crois que nous devrions rentrer. Vous êtes restée assez longtemps au soleil.

Selina s'assit et s'étira.

– Je me suis endormie.

– Je sais.

– A cause de ce merveilleux vin.

– Oui, je suppose que c'est ça.

En quelques coups de rame, ils furent de retour à la Casa Barco. Le canot pneumatique était suspendu comme un nuage sur une eau d'un bleu intense et son ombre glissait au travers des longues herbes du fond. Tout était tranquille, chaud, paisible. Ils se seraient crus seuls au monde. La peau de Selina la brûlait et la tirait comme si, pareille à celle d'un fruit trop mûr, elle allait éclater et se déchirer. La sensation n'était pas déplaisante ; elle ajoutait du piment à cette journée splendide. Elle tira le panier vide d'entre ses jambes et dit :

– C'était un pique-nique merveilleux. Le meilleur que j'aie connu.

Elle s'attendait à quelque repartie ironique de George sur Frinton mais, à sa grande surprise, il ne répondit rien, se contentant de lui sourire, comme s'il avait lui aussi apprécié ce moment.

Il ramena le canot le long de la jetée, sauta à terre et l'amarra d'un solide double nœud. Selina sortit toutes ses affaires et monta à la suite de George. La jetée était brûlante sous la plante de ses pieds nus. Ils suivirent le chemin de halage et commencèrent à gravir l'escalier vers la terrasse, George toujours en tête, si bien que Selina entendit Frances parler avant même de l'avoir vue.

– Eh bien, regardez qui est là.

L'espace d'une seconde, George parut se pétrifier. Puis, comme si de rien n'était, il reprit sa marche vers la terrasse.

– Bonjour, Frances.

Selina avait ralenti le pas. Frances était affalée sur la vieille chaise en osier. Elle portait une chemise à carreaux bleus et blancs, nouée assez haut pour exposer sa taille bronzée, et un pantalon corsaire blanc très moulant. Elle avait ôté ses chaussures et ses pieds, croisés sur le coin de la table, étaient bronzés et couverts de poussière, avec des ongles laqués en rouge vif. Elle ne fit aucun effort pour se redresser ou s'asseoir. Elle demeurait là, indolente, les mains caressant le sol, occupée à observer George sous sa frange de cheveux blonds.

– N'est-ce pas une bonne surprise ? (Elle regarda par-dessus l'épaule de George et aperçut Selina.) Bonjour !

– Bonjour, fit Selina en souriant timidement.

George reposa le panier.

– Que fais-tu ici ?

– Eh bien, il fait si chaud à San Antonio, tant de monde, de bruit, de poussière, que je me suis accordé un ou deux jours de vacances.

– Tu passes la nuit ici ?

– Rudolfo me prépare une chambre.

– Tu as vu Rudolfo ?

– Oui, j'ai pris un verre avec lui avant de venir ici.

Elle le fixait d'un air de provocation moqueuse, sachant bien qu'il ignorait ce que Rudolfo avait pu lui apprendre.

George s'assit sur le coin de la table.

– Est-ce que Rudolfo t'a dit que Selina passait quelques jours à la maison ?

– Oh, bien sûr, il me l'a dit. (Elle sourit à Selina.) Vous savez, votre présence est une surprise pour moi, la plus grande que j'aie jamais eue. George, tu ne nous as pas présentées.

– Désolé. Selina, voici Mme Dongen...

– Frances, coupa vivement la jeune femme.

– Frances, je te présente Selina Bruce.

Selina s'approcha, main tendue pour saluer Frances, mais celle-ci fit mine d'ignorer son geste.

– Vous êtes ici en visite ?

– Oui, en effet...

– George, tu ne m'avais jamais dit que tu avais une fille.

– Ce n'est pas ma fille, dit George.

Frances accueillit cette mise au point sans sourciller. Puis elle retira lentement ses pieds de la table et se remit en position assise.

– Est-ce que tu es en train de me dire...

– Attends une seconde. Selina...

Selina s'était tournée vers lui et il s'aperçut combien elle semblait déroutée, embarrassée et peut-être même blessée.

– Selina, est-ce que vous me permettez de m'entretenir quelques instants seul à seul avec Frances ?

– Bien sûr... Selina s'efforça de sourire, pour montrer qu'elle ne s'en formalisait pas, et elle déposa d'un geste vif la serviette et la grammaire espagnole qu'elle transportait, comme si elle cherchait à alléger son fardeau avant de s'enfuir.

– Cinq minutes seulement...

– Je vais retourner au canot. Il y fait frais.

– Bonne idée.

Elle s'en alla et disparut rapidement de leur vue. Pearl, qui se prélassait sur le mur de la terrasse, se leva, s'étira, bondit légèrement sur le sol et fila à sa suite. George se tourna vers Frances.

– Ce n'est pas ma fille, lui redit-il.

– Bon, alors, par le ciel, qui est-elle ?

– Elle a débarqué ici de Londres, sans prévenir, parce qu'elle croyait que j'étais son père.

– Qu'est-ce qui lui a fait penser ça ?

– La photographie au dos de mon livre.

– Tu ressembles à son père ?

– Oui. En fait, il était un de mes cousins éloignés. Mais là n'est pas la question. Il est mort depuis des années. Il a été tué à la guerre.

– Elle croyait qu'il pouvait ressusciter...

– Je suppose que lorsque vous désirez quelque chose désespérément, vous finissez par croire au miracle.

– Rudolfo m'a dit qu'elle était ta fille.

– Je sais. La rumeur s'est répandue dans tout le village et, pour son bien, j'ai préféré ne pas la démentir. Elle a déjà passé deux jours chez moi.

– Ici, avec toi ? Tu dois être fou.

– Il n'y avait pas d'autre moyen. Sa valise s'est égarée au cours du changement d'avion à Barcelone et son billet de retour lui a été volé à l'aéroport.

– Pourquoi ne m'as-tu pas parlé d'elle hier ?

– Parce que cela ne te regardait pas vraiment. (Il n'avait pas eu l'intention d'être aussi grossier.) Oh, je veux dire, je ne voulais pas t'ennuyer avec ça.

– Et que vont dire tes amis à Cala Fuerte quand ils vont apprendre qu'elle n'est pas ta fille ? Quand ils sauront que tu leur as menti...

– J'essaierai de m'expliquer quand elle sera partie.

– Et ce départ est pour quand ?

– Quand Londres aura transféré un peu d'argent. Nous devons déjà six cents pesetas à Rudolfo et il nous faut acheter un nouveau billet d'avion. Mon propre argent est bloqué à Barcelone...

– Tu veux dire... Ce n'est qu'une question d'argent ! (George scruta son visage.) C'est la seule chose qui la retient ici ? C'est la seule raison pour laquelle tu ne l'as pas renvoyée directement chez elle ?

– C'est une assez bonne raison, non ?

– Mais, pourquoi ne m'en as-tu pas parlé ?

George ouvrit la bouche pour le lui dire, et soudain, la referma. Frances prit un air incrédule.

– Elle veut rester ici ? Et toi, tu veux qu'elle reste ?

– Non, bien sûr que non. Elle ne demande pas mieux que de rentrer chez elle et moi de la voir partir. Entre-temps, tout cela est bien inoffensif.

– Inoffensif ? C'est la chose la plus naïve que je t'ai jamais entendu dire. Moi je trouve que votre situation est à peu près aussi inoffensive qu'un baril de dynamite.

Il ne répondit pas mais quand il s'assit, les épaules voûtées, il serrait si fort le bord de la table que les articulations de ses doigts étaient toutes blanches. Frances, dans un mouvement de compréhension et de gentillesse, posa ses mains sur celles de George. Il n'essaya pas de les retirer.

– Tu m'as mise dans la confidence, dit-elle, alors laisse-moi t'aider. Il y a un avion à sept heures ce soir pour Barcelone. Il y a une correspondance pour Londres où elle devrait arriver vers minuit. Je vais lui prêter l'argent pour acheter son billet et rentrer chez elle. (Comme George ne disait toujours rien, elle poursuivit gentiment :) Chéri, il n'est plus temps de tergiverser. J'ai raison et tu le sais. Elle ne peut pas rester ici plus longtemps.

Selina était assise au bout de la jetée. Elle tournait le dos à la maison et balançait ses pieds dans l'eau. George descendit les marches depuis la terrasse, prit le chemin de halage et s'avança sur les planches branlantes. Selina ne se retourna pas en entendant ses pas qui résonnaient.

Il l'appela mais elle ne répondit pas. Il s'accroupit près d'elle.

– Écoutez, il faut que je vous parle.

Elle fit un geste du buste pour s'éloigner de lui, et se pencha au-dessus de l'eau. Ses cheveux se répandirent autour de son cou et retombèrent des deux côtés de son visage.

– Selina, essayez de comprendre.

– Vous n'avez encore rien dit.

– Vous pouvez retourner à Londres ce soir. Il y a un avion à sept heures et vous serez chez vous à minuit, ou à une heure au plus tard. Frances m'a dit qu'elle allait payer votre billet...

– Vous voulez que je parte.

– La question n'est pas de savoir ce que je veux ou ce que vous voulez. Nous devons faire ce qu'il faut et ce qui est dans votre intérêt. Je suppose que je n'aurais jamais dû vous laisser coucher ici, mais les circonstances nous ont pris de court. Regardons les choses en face. Cala Fuerte n'est pas vraiment un endroit pour quelqu'un comme vous, et cette pauvre Agnès doit commencer à beaucoup s'inquiéter. Je crois sincèrement qu'il faut que vous partiez.

Selina sortit ses longues jambes de l'eau et ramena ses genoux sous son menton, s'accrochant à eux comme si elle essayait de se ressaisir, de s'empêcher de tomber en morceaux.

– Je ne vous renvoie pas, dit-il, il faut que ce soit votre propre décision...

– Votre amie est très aimable.

– Elle veut nous aider.

– Bien, si je dois retourner à Londres ce soir, dit Selina, il ne me reste pas beaucoup de temps.

– Je vais vous conduire à San Antonio.

– Non ! (Elle le fit sursauter par sa véhémence et le regarda droit dans les yeux.) Non, je ne veux pas que vous veniez. Il y a sûrement quelqu'un d'autre qui puisse m'accompagner ! Rudolfo, ou un taxi, que sais-je. Il y a bien quelqu'un...

Il essaya de dissimuler sa peine.

– Bien sûr, mais...

– Je ne veux pas que vous me conduisiez.

– D'accord. Ça n'a pas d'importance.

– Et à Londres, je pourrai appeler Agnès de l'aéroport. Elle sera à la maison. Je prendrai un taxi et elle sera là à m'attendre.

C'était comme si elle était déjà partie et qu'ils se retrouvaient seuls, l'un et l'autre. Elle était seule dans l'avion, seule à Londres. Elle aurait froid, parce qu'après San Antonio il ferait très froid, tandis qu'elle essaierait d'appeler Agnès depuis une cabine. Il serait minuit passé, Agnès serait endormie et mettrait du temps à se réveiller. Le téléphone sonnerait dans un appartement vide et Agnès finirait par se lever et enfiler sa robe de chambre. Elle allumerait les lumières en se dirigeant vers le téléphone. Et, après cela, elle remplirait une bouillotte d'eau chaude, elle préparerait un lit et elle mettrait du lait à chauffer.

Mais au-delà, elle ne voyait rien.

– Qu'allez-vous faire ? dit-il. Quand vous serez de retour à Londres ? Je veux dire, quand tout cela sera passé et oublié.

– Je ne sais pas.

– Vous n'avez aucun projet.

Après un moment de silence, elle remua la tête.

– Faites donc des projets, dit-il gentiment. Et qu'ils soient bons.

10

Il fut décidé qu'on demanderait à Pepe, le mari de Maria, s'il voulait bien emmener Selina à l'aéroport. Pepe n'était pas officiellement chauffeur de taxi, mais il ne répugnait pas, à l'occasion, à nettoyer sa vieille guimbarde de la paille, du fumier et autres produits plus ou moins nauséabonds qui s'y accumulaient, pour conduire des touristes un peu partout dans l'île. George se rendit chez lui avec la Citroën, tandis que Selina, restée avec Frances et Pearl, se préparait pour son départ.

Cela ne fut pas long. Elle prit une douche, puis s'habilla avec le pantalon de George que Juanita avait fait amoureusement rétrécir, la chemise à rayures et les espadrilles qu'elle avait achetées chez Maria. Sa bonne robe en jersey avait déjà été abandonnée à Juanita pour faire office de chiffon et son bikini était si minuscule qu'il tenait sans peine au fond de son sac. C'était tout. Elle se brossa les cheveux, posa son manteau sur le dossier d'une chaise et, à contrecœur – elle ne se sentait pas le courage de bavarder –, elle sortit sur la terrasse où Frances gisait nonchalamment sur une chaise longue. Frances avait fermé les yeux, mais quand elle entendit

Selina s'approcher, elle les ouvrit et tourna la tête pour l'observer. Selina alla s'asseoir sur le rebord du mur, juste en face d'elle.

– Vos bagages sont faits ? demanda-t-elle.

– Oui.

– Ça n'a pas pris longtemps.

– Je n'ai pas le moindre vêtement. J'ai perdu ma valise. Elle a été aiguillée par erreur sur Madrid.

– Cela arrive souvent. (Elle s'assit et tendit le bras vers un paquet de cigarettes.) Vous fumez ?

– Non, merci.

– J'espère que vous ne pensez pas que je me mêle de vos affaires, en vous chassant d'un endroit comme celui-ci, dit-elle en allumant une cigarette.

– Non. Il fallait que je rentre de toute façon. Le plus tôt sera le mieux.

– Vous vivez à Londres ?

– Oui. (Elle se força à préciser :) Queen's Gate.

– Charmant. Vous avez apprécié votre séjour à San Antonio ?

– Ça a été très intéressant, dit-elle.

– Vous pensiez que George était votre père.

– Je pensais que cela pouvait être le cas. Mais je m'étais trompée.

– Avez-vous lu son livre ?

– Je ne l'ai pas vraiment bien lu encore. Je le ferai quand je serai rentrée. J'aurai le temps alors, ajouta-t-elle. Il a eu un grand succès.

– Oh oui, évidemment, fit Frances sur un ton qui signifiait qu'elle ne voulait pas s'étendre sur le sujet.

– Vous ne l'avez pas trouvé bon ?

– Si, tout à fait. Brillant et original. (Elle tira une longue bouffée de sa cigarette et en fit tomber la cendre sur le sol.) Mais il n'en écrira pas d'autre.

– Qu'est-ce qui vous fait dire ça ? demanda Selina en fronçant les sourcils.

– Je ne crois pas qu'il ait assez d'autodiscipline pour se remettre à un livre.

– Il m'a dit qu'il avait un blocage.

Frances éclata de rire.

– Très drôle. C'est moi qui lui ai dit ça, pas plus tard qu'hier.

– Si vous le croyez incapable d'écrire un second livre, pourquoi dites-vous qu'il a un blocage ?

– Oh, parce qu'il était déprimé. J'essayais de lui remonter le moral. George n'a pas besoin d'écrire. Il a de l'argent de côté. Écrire demande un tel travail, une telle détermination, que cela n'en vaut simplement pas la peine.

– Mais il faut qu'il en écrive un autre.

– Pourquoi ?

– Parce qu'il a donné son accord. Parce que l'éditeur attend ce livre. Et pour son propre bien aussi.

– Voyons, tout cela, c'est de la blague.

– Mais vous ne voulez donc pas qu'il continue d'écrire ?

– Ce que je veux ou ce que je ne veux pas n'a pas d'importance. Je ne faisais qu'exprimer une opinion. Écoutez, ma jolie, je dirige une galerie d'art. Je suis quotidiennement au contact des artistes, je connais leur tempérament et leur manière de fonctionner. Il se fait que je ne crois pas que George soit un créateur.

– Mais s'il n'écrit pas, que va-t-il faire ?

– Ce qu'il faisait avant d'écrire *Fiesta à Cala Fuerte.* Rien. Il est facile de ne rien faire à San Antonio. (Elle sourit.) Ne prenez pas cet air stupéfait. George et moi avons le double de votre âge. A quarante ans, quelques-uns de vos rêves et de vos brillantes illusions sont un peu cabossés par endroits. La vie n'a pas à être aussi intense ni aussi sérieuse qu'on le croit à dix-huit ou... J'ignore quel est votre âge...

– J'ai vingt ans, dit Selina.

Sa voix était devenue froide soudain et Frances en fut satisfaite. Elle avait réussi à la blesser. Elle restait allongée dans la chaise longue à regarder Selina, et elle n'avait plus peur, comme cela avait été le cas quand elle l'avait vue au premier abord. Selina partait. Dans une demi-heure, elle serait en route. Vers l'aéroport, vers Londres. Elle retrouverait sa vie à Queen's Gate dont Frances était ravie de demeurer en totale ignorance.

Le silence pesant fut interrompu par le bruit de la Citroën qui rentrait, suivi par les grincements moins harmonieux de la vieille voiture de Pepe. Selina se leva.

– Voilà le taxi.

– Oh, bien. (Frances écrasa sa cigarette par terre.) Attendez, je vais vous donner l'argent.

Selina pouvait à peine supporter l'idée de le prendre, mais les billets, rapidement comptés par Frances, étaient déjà dans la paume de sa main lorsque George traversa la maison pour rejoindre les deux femmes. Il semblait aussi embarrassé que Selina par toute cette affaire, mais il se contenta de faire remarquer que Selina aurait besoin de livres sterling à Londres. Frances signa immédiatement un chèque American Express et l'ajouta au reste.

– Vous pourrez l'échanger contre des livres à l'aéroport.

– C'est très gentil à vous.

– Oh, c'est un plaisir, dit Frances. N'y pensez plus.

– Je... je ferai en sorte que vous soyez remboursée...

– Bien sûr.

– Où est votre sac ? demanda George.

– A l'intérieur.

Il alla le chercher, et par précaution, il prit lui-même l'argent des mains de Selina pour le dissimuler dans une poche bien fermée, à l'intérieur du sac.

– Ne le perdez pas, cette fois-ci, dit-il. Je ne pourrais pas supporter une nouvelle épreuve.

Il regretta immédiatement ce qui n'avait été qu'une médiocre plaisanterie.

– Vous avez votre passeport ? demanda-t-il rapidement, comme pour se rattraper. (Elle acquiesça.) Vous êtes sûre ?

– Oui.

– Alors, il faut peut-être que vous y alliez. Il ne vous reste plus beaucoup de temps...

On la poussait dehors, gentiment, mais fermement. Elle ne reviendrait jamais. Elle suivit lentement George dans la maison. Il prit son manteau et s'écarta, comme pour la laisser passer devant lui. Derrière elle, Frances Dongen se tenait dans l'encadrement de la porte ouverte de la terrasse.

– Pepe vous attend, dit-il assez gentiment.

Selina déglutit.

– J'ai soudain très soif, dit-elle. Ai-je le temps de boire quelque chose ?

– Bien sûr.

Il se dirigea vers le puits, mais Selina l'interrompit :

– Non. Je préférerais un verre d'eau gazeuse, c'est plus rafraîchissant et plus froid. Ne vous dérangez pas. Je vais me servir dans le réfrigérateur. J'en ai pour une seconde.

Ils patientèrent pendant qu'elle glissait derrière le bar de la cuisine. Se baissant pour ouvrir le réfrigérateur, elle sortit une bouteille glacée. Elle demeura invisible pendant quelques secondes, puis elle se releva, la bouteille à la main. Elle versa le liquide dans un gobelet et l'avala si vite que George lui dit qu'elle risquait d'exploser.

– N'ayez crainte, je n'exploserai pas. (Elle reposa le verre vide et se mit soudain à sourire. On aurait dit que ce verre d'eau avait réglé tous ses problèmes.) C'était délicieux.

Ils sortirent en plein soleil. Pepe les attendait. Il prit le manteau de Selina et l'étendit sur la banquette arrière qu'il avait hâtivement nettoyée. Selina dit au revoir à Frances et la remercia pour son aide. Puis elle se tourna vers George. Elle ne tendit pas la main et il ne pouvait pas l'embrasser. Ils se saluèrent sans se toucher et George eut l'impression qu'on lui arrachait le cœur.

Selina monta enfin dans la vieille voiture. Elle se tenait bien droite, à la fois touchante et affreusement vulnérable. Pepe s'assit auprès d'elle et George se mit à lui donner une demi-douzaine d'instructions de dernière minute, sans omettre de le menacer de mort si quoi que ce soit arrivait. Pepe écoutait avec attention en hochant la tête. Il éclata finalement de rire en découvrant une bouche édentée, et démarra.

La voiture brimbala jusqu'en haut de la colline et disparut. George resta longtemps sans bouger à regarder l'horizon. Il entendait toujours le bruit du moteur.

Il y eut une grande fête, cette nuit-là, à l'hôtel *Cala Fuerte*. Elle n'était pas prévue, mais elle prit son essor petit à petit, à la manière des soirées les plus réussies, le cercle des participants s'élargissant jusqu'à réunir une douzaine de nationalités différentes. L'alcool coulait à flots et tout le monde était joyeux. Une fille grassouillette annonça qu'elle allait danser sur une table, mais elle s'effondra dans les bras de son petit ami et resta là, endormie, le reste de la soirée. L'un des marins du port prit sa guitare et une Française se lança dans une imitation de flamenco qui parut être pour George la chose la plus drôle qu'il ait vue durant toute sa vie. Toutefois, aux alentours d'une heure du matin, il annonça soudain qu'il voulait rentrer à la Casa Barco. Il y eut un grand tumulte de protestations, on se moqua de lui, on le traita de rabat-joie, on lui rappela que c'était à son tour d'offrir la tournée, mais George ne se laissa pas fléchir. Il savait qu'il devait sortir de là avant que son rire ne se transforme en larmes. Il n'y a rien de pire qu'un ivrogne pleurnichard.

Il se leva et repoussa sa chaise loin de la table, dans un raclement à faire grincer les dents.

– Je viens aussi, dit Frances.

– Tu dors ici, rappelle-toi.

– Je vais te conduire. Pourquoi marcher quand une superbe voiture vous attend à la porte.

Il céda. C'était plus simple et cela demandait moins d'effort que de subir une scène. Dehors, la nuit était chaude et le ciel brillant d'étoiles. La Citroën était garée au milieu de la place et, tandis qu'ils se dirigeaient vers elle, Frances fit glisser les clés dans la main de George.

– Tu conduis, dit-elle.

Elle était tout à fait en état de le faire mais elle aimait, de temps en temps, jouer le rôle de la femme désarmée. George prit les clés et s'installa au volant.

Il lui vint à l'esprit que, si sa ridicule petite voiture à roues jaunes était simplement un moyen de circuler dans l'île, la Citroën de Frances, rapide et puissante, était, en revanche, le parfait reflet de la personnalité de la jeune femme. Elle était maintenant assise à côté de lui, son visage tendu vers les étoiles, la chemise largement déboutonnée qu'elle portait laissant voir un décolleté généreux et bronzé. Il savait qu'elle attendait d'être embrassée, mais il alluma une cigarette et mit le moteur en marche.

– Pourquoi ne m'embrasses-tu pas ?

– Je ne dois pas t'embrasser. Je ne sais pas d'où tu viens.

– Pourquoi transformes-tu toujours tout en plaisanterie ?

– C'est ma manière anglaise de me défendre.

Elle regarda sa montre dont le cadran brillait sous la lumière des étoiles.

– Une heure. Tu crois qu'elle est arrivée à Londres ?

– Elle devrait.

– Queen's Gate. Ce n'est pas vraiment notre genre, chéri.

Il commença à siffloter tout bas un air qui l'avait obsédé pendant la soirée.

– Tu ne te fais pas de souci pour elle ?

– Non, je ne m'en fais pas. J'aurais quand même dû l'accompagner à l'aéroport et ne pas la laisser avec Pepe dans cette machine à coudre sur roues qu'il appelle une voiture.

– Elle ne voulait pas que tu l'accompagnes. Elle n'aurait pas cessé de brailler et vous vous seriez sentis bien mal à l'aise, tous les deux. (Il ne répondit pas et elle éclata de rire.) Tu es comme un gros ours têtu qu'on n'arrive pas à appâter.

– Je suis trop ivre pour ça.

Il démarra tout en continuant de siffler cette maudite chanson. Quand ils furent de retour à la Casa Barco, George coupa brusquement le moteur et sortit de la voiture. Frances le suivit, comme s'il allait de soi que c'était ce qu'il désirait. Il faisait frais dans la maison plongée dans l'obscurité. George alluma les lumières et alla directement se servir un verre. Sinon, il allait mourir, ou bien s'endormir et éclater en sanglots, et il préférait être damné plutôt que de faire cela en présence de Frances.

Elle s'effondra sur le sofa, comme si elle était chez elle, un pied sur un accoudoir et sa tête bouclée posée sur un coussin bleu ciel. Malgré des gestes imprécis, il parvint à remplir deux verres, fit tomber le décapsuleur et cassa un peu de glace.

– Quel est cet air épouvantable que tu siffles ? Tu n'en connais pas d'autres ?

– Je ne sais pas moi-même ce que c'est.

– Eh bien, raison de plus pour arrêter.

Il sentait sa tête qui cognait et tout semblait bouger autour de lui. Attrapant les verres, il se dirigea vers le divan sur lequel Frances était allongée. Elle prit le whisky que George lui tendait sans quitter son visage des yeux. George s'assit sur la banquette près de la cheminée, le dos à l'âtre. Son verre tremblait entre ses doigts.

– Tu sais, chéri, tu m'en veux terriblement, dit-elle sans se troubler.

– Vraiment ?

– Bien sûr.

– Pourquoi ?

– Parce que je t'ai débarrassé de ta petite amie. Et parce que tu sais au plus profond de toi que tu aurais dû le faire toi-même. Et tout de suite.

– Je ne pouvais pas acheter un billet d'avion sans argent.

– Ça, si tu me permets, c'est l'excuse la plus faible que tu pouvais trouver.

Il baissa les yeux vers son verre.

– Oui, dit-il enfin. Peut-être, en effet.

L'air de musique continuait d'aller et de venir dans sa tête.

– Quand tu es sorti pour aller chercher Pepe et que cette gamine était en train de se préparer, j'ai un peu fouillé sur ton bureau. On ne peut pas dire que tu aies produit grand-chose, ces derniers temps.

– C'est exact. Je n'ai pas écrit un mot.

– Et tu as répondu à ce cher M. Rutland ?

– Non, je ne l'ai pas fait, non plus. Mais, ajouta-t-il avec une touche de malice, j'ai consulté un spécialiste qui m'a dit que je souffrais d'un blocage.

– Bien, dit Frances, avec satisfaction, voilà au moins une lueur d'humour qui nous change de ton humeur maussade. Et si tu voulais baisser un peu la garde, je le ferais, moi aussi. Tu sais, chéri, je ne crois pas que tu écriras ce deuxième livre.

– Qu'est-ce qui t'en rend si sûre ?

– Toi, simplement toi. L'écriture est un dur labeur et toi, tu es l'un de ces classiques bons à rien d'expatriés anglais qui pratiquent l'art du farniente avec plus de grâce qu'aucun autre peuple au monde.

Il en convint avec une pointe d'amusement, et Frances se redressa pour s'asseoir, satisfaite de constater qu'elle n'avait pas perdu le don de le faire rire.

– George, si tu ne veux pas aller à Malaga, si les courses de taureaux t'ennuient, alors, je n'irai pas non plus. Mais pourquoi ne partirions-nous pas ensemble ? Nous pourrions aller sur *L'Éclipse* jusqu'en Sardaigne, ou nous envoler pour l'Australie... ou traverser le désert de Gobi à dos de chameau...

– Avec nos bagages sur la bosse de devant.

– Tu tournes tout en dérision. Je suis sérieuse. Nous sommes libres et nous avons tout le temps que nous voulons. Pourquoi te flageller une fois de plus en t'escrimant sur une machine à écrire ? Sincèrement, reste-t-il un sujet quelconque sur lequel tu puisses écrire ?

– Frances, je ne sais pas.

Elle se laissa à nouveau tomber sur le coussin. Elle

avait fini son verre et elle le posa par terre, près du divan. Elle était là, étendue, séduisante, provocatrice, terriblement familière.

– Je t'aime, dit-elle. Je veux que tu le saches.

Il n'y avait aucune raison de ne pas faire l'amour. George reposa son verre et alla s'asseoir à côté d'elle. Il la prit dans ses bras et l'embrassa passionnément comme s'il voulait se noyer dans ce baiser. Elle poussa des soupirs de plaisir tandis que ses doigts s'égaraient dans les cheveux de George. Celui-ci desserra son étreinte et laissa glisser sa joue contre celle de Frances. Il pouvait sentir sa barbe rugueuse crisser contre la peau de la jeune femme. Frances enfouit son visage au creux de son épaule et ses bras puissants étaient comme un étau autour du cou de George.

– Tu m'aimes ? demanda-t-elle. (Comme il ne répondait pas, elle murmura :) Tu as de l'affection pour moi ? Tu me désires ?

Il détacha les bras de Frances de son cou et se dégagea. Assis en face d'elle, il la maintenait fermement par les avant-bras. On aurait dit qu'ils venaient de se battre.

Frances se mit à rire. Son optimisme et sa bonne humeur étaient deux des qualités qu'il avait toujours appréciées chez elle.

– Bon, cette fois, on dirait vraiment que tu es complètement saoul, dit-elle.

Il se leva pour aller chercher des cigarettes. Frances l'imita et passa les doigts dans ses cheveux en désordre.

– Il faut que je sois présentable pour retourner chez Rudolfo. Il est vieux jeu, tu sais, pour un tas de choses. Je peux utiliser ta chambre ?

– Je t'en prie, dit George en allumant les lumières de l'étage pour elle.

Frances monta en courant, et les semelles de ses sandales claquaient contre le bois des marches. Elle fredonnait cette chanson qui avait tourmenté George toute la soirée, sans qu'il parvienne à se souvenir de la moindre parole. Soudain, comme si l'on avait éteint une radio, le petit air obsédant s'arrêta. Frances était devenue brusquement silencieuse et ce silence fit à George l'effet d'un hurlement. Il cessa de rechercher ses cigarettes et dressa l'oreille comme un chien à l'arrêt.

Tout à coup, Frances dévala l'escalier avec sur le visage une expression qu'il ne parvenait pas à déchiffrer.

– Que se passe-t-il ? Tu n'as pas trouvé le peigne ?

– Je ne sais pas, dit Frances. Je n'ai pas cherché. Je n'ai pas regardé plus loin que le lit...

– Le lit ?

Il semblait stupéfait.

– Ça ne peut pas être une blague ? Un nouvel exemple de ce délicieux humour britannique ?

Il comprit enfin qu'elle était vraiment furieuse. Dans sa voix, qu'elle s'efforçait de contrôler, on percevait les vibrations d'une explosion imminente.

– Frances, je ne sais pas de quoi tu parles.

– La fille. Ta prétendue fille. Selina. Quel que soit le nom que tu lui donnes. Tu sais où elle est ? Pas à Londres. Pas même à l'aéroport de San Antonio. Elle est là-haut...

Elle pointait un doigt tremblant vers la mezzanine et tous ses efforts pour se contrôler se trouvèrent brutalement anéantis.

– Dans ton lit !

– Je ne te crois pas.

– Eh bien, va donc voir. Monte donc !

Il ne bougea pas.

– Je ne sais pas ce qui se passe ici, George, mais je n'ai pas dépensé une somme assez considérable de pesetas pour retrouver cette petite grue dans ton lit...

– Ce n'est pas une petite grue.

– ... et si tu as une nouvelle explication à me fournir, il vaut mieux qu'elle soit crédible, parce que je ne vais pas avaler une nouvelle série de bobards sur des bagages égarés et sur la recherche d'un pauvre papa perdu...

– Pourtant, c'était vrai.

– Vrai ? Écoute, espèce de salaud, de qui te moques-tu ?

Elle hurlait maintenant et c'était la seule chose qui pouvait le rendre furieux.

– Je ne savais pas qu'elle était revenue...

– Eh bien, vire-la donc maintenant...

– Je ne peux pas faire ça...

– Très bien. (Frances s'élança pour attraper son sac à main.) Si tu as l'intention de te mettre en ménage avec cette petite gamine mielleuse, je n'y vois pas d'inconvénient...

– Tais-toi !

– ... mais ne m'implique pas dans une combine absurde pour sauvegarder vos réputations à tous les deux, parce que, pour ce qui me concerne, elles n'en valent pas la peine.

Elle fonça vers la porte qu'elle tira violemment avant de se retourner pour lancer une dernière bordée d'injures. L'effet qu'elle en escomptait fut toutefois légèrement gâché par l'entrée de Pearl, parfaitement digne et indifférente. La chatte avait patienté derrière la porte attendant qu'on veuille bien lui ouvrir, et, maintenant que Frances s'en était chargée, elle entrait avec un léger miaulement de satisfaction et de reconnaissance.

– Il vaut mieux que tu partes, dit George aussi calmement que possible.

– Ne crains rien, je pars, répondit Frances qui fit toutefois une pause, le temps de donner un coup de pied vicieux à Pearl.

Elle disparut enfin en faisant claquer la porte si fort que toute la maison trembla.

Un moment plus tard, le calme de la nuit fut déchiré par le hurlement de la Citroën qui démarrait sur les chapeaux de roues et remontait la colline à une vitesse qui laissa George pantois.

George se baissa pour prendre Pearl. Elle n'était pas blessée, sinon peut-être dans son amour-propre, et George la déposa gentiment sur son coussin favori, au coin du sofa. Un léger mouvement lui fit lever la tête. Selina le regardait, les mains posées sur la balustrade de la mezzanine. Elle portait une chemise de nuit blanche avec des rubans bleus autour du col.

– Pearl va bien ? demanda-t-elle anxieusement.

– Oui, tout à fait. Que faites-vous ici ?

– J'étais au lit. Je dormais.

– Vous ne dormez plus maintenant. Mettez quelque chose sur vous et descendez.

Un instant plus tard, elle descendit de la mezzanine,

pieds nus, en nouant les rubans d'un négligé de soie saugrenu, assorti à sa chemise de nuit.

– Où avez-vous trouvé ça ? demanda-t-il en fronçant les sourcils.

Selina s'approcha de lui.

– J'ai retrouvé ma valise. Elle avait été réexpédiée de Madrid.

Selina se mit à sourire, comme si cette nouvelle devait le ravir, et George se sentit obligé d'avoir recours au sarcasme.

– Ainsi vous avez pu aller jusqu'à l'aéroport.

– Oh oui.

– Et que s'est-il passé, cette fois ? Le vol a été annulé ? Il n'y avait plus de place à bord ? Pepe a eu une crevaison et vous êtes arrivée en retard ?

– Non, rien de tout cela. (Elle écarquillait tellement les yeux que le bleu de ses pupilles était entièrement entouré de blanc.) J'ai perdu mon passeport.

– Vous quoi ?

A sa grande honte, il n'avait pu s'empêcher de lâcher un hurlement de stupéfaction.

– Oui, c'est tout à fait ahurissant. Vous vous rappelez, vous m'avez demandé si j'avais bien mon passeport avec moi, avant mon départ. Il était dans mon sac et je ne me souviens pas de l'avoir sorti, mais quand je suis arrivée à l'aéroport pour acheter le billet, j'ai ouvert mon sac. Il n'y était pas.

Elle l'observait comme si elle essayait de jauger ses réactions. Tout ce que fit George fut de se caler contre le dossier du sofa et de garder un calme marmoréen.

– Je vois. Alors, qu'avez-vous fait ?

– Eh bien, j'ai prévenu la *Guardia civil*, bien sûr.

– Et qu'est-ce qu'on vous a dit ?

– Oh, l'officier était tout à fait gentil et compréhensif. Après un moment, j'ai pensé qu'il valait mieux que je rentre ici jusqu'à ce qu'ils retrouvent mon passeport.

– Qui « ils » ?

– La *Guardia civil*.

Il y eut un court silence pendant lequel ils se dévisagèrent.

– Selina, dit enfin George.

– Oui ?

– Savez-vous ce qu'on fait en Espagne à ceux qui perdent leur passeport ? On les met en prison, comme des prisonniers politiques. On les laisse pourrir dans des cachots jusqu'à ce qu'on retrouve leur passeport [1].

– Eh bien, on ne m'a pas fait ça.

– Vous mentez, n'est-ce pas ? Où avez-vous laissé votre passeport ?

– Je ne sais pas. Je l'ai perdu.

– Vous l'avez oublié dans la voiture de Pepe ?

– Je vous l'ai dit, il est perdu.

– Écoutez, petite, dans ce pays, les passeports ne sont pas des choses avec lesquelles on peut jouer.

– Je ne joue pas.

– Vous avez expliqué ce qui s'est passé à Pepe ?

– Je ne parle pas espagnol. Comment aurais-je pu ?

– Vous lui avez simplement demandé de vous ramener.

1. Ce livre a paru en 1967.

Elle parut déconcertée. Elle lui fit bravement face et répondit « oui ».

– Quand êtes-vous arrivée ici ?

– Vers onze heures.

– Est-ce que nous vous avons réveillée en entrant ? (Elle acquiesça.) Alors vous avez entendu notre conversation ?

– Eh bien, j'ai essayé de mettre ma tête sous les couvertures, mais Mlle Dongen a une voix qui porte. (Il n'y avait guère de commentaire à faire et elle continua sur un ton mondain qui aurait satisfait sa grand-mère :) Vous allez l'épouser ?

– Vous savez quoi ? Vous me rendez malade.

– Elle est mariée ?

– Elle ne l'est plus.

– Qu'est-ce qui est arrivé à son mari ?

– Je ne sais pas... je ne lui ai jamais posé la question. Il est peut-être mort.

– Est-ce qu'elle l'a tué ?

Les mains de George semblèrent tout à coup échapper à son contrôle. Elles tremblaient, hésitant entre le désir d'attraper Selina, de la secouer et de lui tordre les oreilles, et celui d'effacer d'une gifle l'expression suffisante qu'affichait son visage. George glissa ses mains dans ses poches et serra violemment les poings pour lutter contre ces bouffées d'instinct primitif. Selina paraissait ne pas avoir conscience du trouble qui l'agitait.

– Je suppose que cela a dû être assez déplaisant pour elle de me trouver là, mais elle a refusé de rester et d'écouter mes explications. La seule chose qu'elle ait faite, c'est de frapper cette pauvre Pearl... Il aurait été plus juste que ce soit moi qu'elle frappe, poursuivit-elle en regardant George droit dans les yeux. (Il était ébahi par son sang-froid.) Elle doit très bien vous connaître... pour vous parler comme ça, je veux dire... comme elle l'a fait cette nuit. Elle voulait faire l'amour avec vous.

– Vous cherchez les ennuis, Selina.

– Et elle a l'air de penser que vous n'écrirez plus aucun livre.

– Il se peut qu'elle ait raison sur ce point.

– Et vous n'allez même pas essayer ?

– Allez-vous enfin vous occuper de vos affaires, dit George d'un ton ferme.

Le ton délibérément menaçant de sa voix n'impressionna pas Selina qui poursuivit :

– J'ai le sentiment que vous avez peur d'échouer avant même d'avoir commencé. Mlle Dongen avait raison. (Selina fit là une extraordinaire imitation de la voix traînante de Frances.) Vous êtes le parfait prototype de ces bons à rien d'expatriés anglais qui savent ne rien faire avec tant de grâce. Je suppose que ce serait dommage de gâcher cette image. Et puis, après tout, quelle importance ? Vous n'avez pas besoin d'écrire. Quant à M. Rutland, qu'est-ce qu'une promesse non tenue ? Cela ne compte pour rien. Vous pouvez renier cette promesse aussi simplement que celle que vous aviez faite à la jeune fille que vous deviez épouser.

Sans que George l'ait voulu, sans qu'il ait pu la contrôler, sa main droite s'était échappée de la poche qui l'emprisonnait. Il frappa Selina au visage. Le bruit de la gifle fut aussi assourdissant que celui d'un sac en papier qui explose. Il y eut ensuite un long silence, terriblement douloureux. Selina écarquillait les yeux, incrédule. Curieusement, elle ne semblait pas en colère. La paume de sa main le picotait et George la frotta contre sa hanche. Il se souvint qu'il n'avait toujours pas trouvé ces maudites cigarettes. Il partit à leur recherche, en prit une qu'il alluma et il vit avec horreur que sa main tremblait. Quand il se retourna enfin, il se rendit compte, à sa plus grande honte, que Selina faisait des efforts surhumains pour ne pas pleurer. L'idée des larmes, des récriminations et des excuses qui suivraient lui parut impossible à supporter. D'ailleurs, il était trop tard pour s'excuser.

– Allez, allez, filez donc, dit-il sur un ton exaspéré mais dénué de méchanceté. (Quand Selina s'élança dans un froufroutement de soie blanche pour rejoindre la chambre, il ajouta :) Et n'essayez pas de claquer la porte, il n'y en a pas.

Mais c'était une plaisanterie bien amère, qui retomba à plat, comme elle le méritait.

11

Il s'éveilla tard. La clarté qui baignait la pièce attestait d'un soleil déjà haut dans le ciel. Il perçut un frottement assourdi provenant de la terrasse. Juanita devait déjà être là, en train de balayer. George prit alors conscience qu'il allait devoir affronter les effets de la gueule de bois qui n'allaient pas manquer de se manifester. Il attrapa sa montre qui marquait dix heures et demie. Il n'avait pas dormi aussi longtemps depuis des années.

Il bougea doucement la tête de droite à gauche, attendant de ressentir le premier élancement d'une douleur qu'il avait bien méritée. Rien ne se passa. Il fit un second test en roulant des yeux, et la sensation ne fut en rien pénible. Il repoussa la couverture rouge et blanc et s'assit avec précaution. C'était un miracle. Il se sentait bien, mieux que bien, alerte, l'esprit clair, et plein d'énergie.

Rassemblant ses vêtements, il alla se doucher et se raser. Alors qu'il se frictionnait le visage, la chanson de la nuit lui revint à l'esprit. Mais cette fois-ci, elle avait des paroles et il comprit, bien trop tard maintenant, pourquoi Frances avait été tellement agacée de l'entendre la siffler.

Je me suis habitué à son visage.
Et par lui se lève le jour.

« Bon, songea-t-il, penaud, et tu vas bêtifier longtemps ? » Mais, quand il se fut habillé, il alla ressortir son vieil électrophone et enleva la poussière d'un disque de Frank Sinatra qu'il posa sur le plateau.

Juanita avait terminé de nettoyer la terrasse. Entendant la musique, elle reposa son balai et entra, ses pieds bruns encore humides laissant des marques sur les dalles du sol.

– *Señor,* dit-elle.

– *Juanita ! Buenos días.*

– Le *señor* a bien dormi.

– Trop bien, peut-être.

Je me suis habitué à sa chanson,
Qu'elle siffle nuit et jour.

– Où est la *señorita* ? demanda George.

– Elle est partie dans le bateau du *señor,* pour nager.

– Et comment y a-t-elle été ?

– Elle a pris le canot.

Il releva les sourcils. Il était légèrement surpris.

– Bravo, elle sait se débrouiller toute seule. Juanita, reste-t-il du café ?

– Je vais en faire.

Elle s'en alla tirer un seau d'eau et George s'aperçut qu'il se sentait assez bien pour avoir envie d'une cigarette. Il en trouva une, l'alluma et dit alors sur un ton anodin :

– Juanita ?

– Oui, *señor.*

– Une américaine a passé la nuit à l'hôtel *Cala Fuerte*...

– Non, *señor.*

– Que voulez-vous dire ? demanda-t-il en fronçant les sourcils.

Juanita était dans la cuisine et remplissait la bouilloire.

– Elle n'est pas restée, *señor.* Elle est retournée à San Antonio pendant la nuit. Elle n'a pas utilisé la chambre, à l'hôtel. Rosita l'a dit à Tomeu et Tomeu l'a dit à Maria, et...

– Je sais. Maria vous l'a dit.

Cette nouvelle le remplissait d'une sorte de soulagement honteux, bien qu'il eût la chair de poule à imaginer Frances fonçant au milieu de la nuit vers San Antonio dans cette espèce de bombe roulante. Il pria pour que rien ne se soit passé, qu'elle n'ait pas eu d'accident et qu'elle ne soit pas, à cette heure-ci, prisonnière au fond d'un fossé, avec la voiture retournée au-dessus d'elle.

Il se gratta la base du cou, avec la mine d'un homme que des problèmes assaillent de toutes parts et sortit sur la terrasse pour retrouver sa deuxième cause de migraine. Il prit les jumelles qu'il dirigea sur *L'Éclipse.* Le canot pneumatique se balançait paisiblement à l'arrière du bateau, mais il n'y avait aucun signe de la présence de Selina.

En tout cas, c'était une belle journée. Aussi claire que la veille, mais plus fraîche, avec une mer qui clapotait dans le port. Agités par la brise, les pins balançaient leurs branches odorantes et, en contrebas, de petites vagues venaient se briser contre le chemin de halage. Il ressentit un plaisir immense, absolu. Ciel bleu, mer bleue, *L'Éclipse* sereinement accrochée à ses amarres, la terrasse blanche, les géraniums rouges, tout cela délicieusement familier et pourtant, ce matin-là, magiquement nouveau. Pearl était assise au bout de la jetée, se régalant d'un reste de poisson qu'elle venait de trouver ; Frances était rentrée à San Antonio et Juanita lui préparait une tasse de café. Il ne se souvenait pas de s'être jamais senti aussi bien, aussi plein d'espoir et d'optimisme. On aurait dit qu'il avait vécu des mois durant dans cette obscurité glauque qui précède les tempêtes et qu'aujourd'hui, la tempête passée, la pression s'étant relâchée, il pouvait enfin respirer librement.

Pourtant, il s'était conduit comme un salaud ! se dit-il. Il aurait dû être en train de ramper dans un bourbier de remords et de mépris de soi, mais son sentiment de bien-être physique était tel qu'il l'emportait sur sa mauvaise conscience. Durant tout ce temps, il était resté penché, les mains bien à plat sur le mur de la terrasse et, en se redressant, il s'aperçut que ses paumes étaient couvertes de blanc de chaux. Sa réaction habituelle eût été de les essuyer contre son jean mais, tout à coup, son attention fut attirée par les circonvolutions des empreintes de ses doigts, que la chaux révélait. On aurait dit une carte délicatement dessinée : la carte de George Dyer, unique comme la vie qu'il avait menée, unique comme ce qu'il faisait maintenant...

Il n'était pas spécialement fier de lui. Il avait, année après année, blessé et offensé trop de gens, et la nuit dernière, il avait passé la mesure, au point de ne pas supporter d'y penser. Mais rien de tout cela ne parvenait à effacer ce sentiment précis et exaltant qu'il avait de sa propre identité.

Je me suis habitué à son visage.

Le disque se termina et il entra pour le retirer de l'électrophone. Tout en éteignant l'appareil, il appela :

– Juanita.

Elle versait le café dans sa tasse.

– *Señor ?*

– Juanita, savez-vous que Pepe a emmené la *señorita* à l'aéroport hier après-midi ?

– Oui, *señor,* dit Juanita en évitant son regard.

C'était inévitable... George soupira, mais décida de poursuivre l'interrogatoire.

– Et est-ce que Pepe a expliqué que la *señorita* avait perdu son passeport ?

– Il ne savait pas qu'elle l'avait perdu. Seulement qu'elle ne l'avait pas sur elle.

– Mais elle l'a dit à la *Guardia civil* à l'aéroport ?

– Je ne sais pas, *señor,* fit-elle en versant de l'eau bouillante dans la tasse.

– Juanita...

Comme elle continuait de lui tourner le dos, George posa la main sur son bras nu. Quand Juanita se retourna, il s'aperçut avec surprise qu'elle souriait, ses yeux sombres étincelant d'une lueur amusée.

– Juanita... la *señorita* n'est pas ma fille.

– Non, *señor,* dit Juanita d'une voix mesurée.

– Ne me dites pas que vous le savez.

– *Señor,* fit-elle en haussant les épaules, Pepe n'a pas eu l'impression qu'elle se conduisait comme votre fille.

– Et comment se conduisait-elle ?

– Elle était très malheureuse, *señor.*

– Juanita, elle n'est pas ma fille, mais ma petite cousine.

– Bien, *señor.*

– Vous le direz à Maria ? Et vous demanderez à Maria de le dire à Tomeu... et peut-être que Tomeu en parlera à Rosita qui le dira à Rudolfo... (Ils riaient tous deux.) Je n'ai pas menti, Juanita. Mais je n'ai pas dit la vérité non plus.

– Le *senõr* n'a pas à s'inquiéter. Qu'elle soit votre fille ou votre cousine... (Juanita haussa vigoureusement les épaules, comme si cette question était trop triviale pour qu'on s'y arrête.) Pour Cala Fuerte, le *senõr* est un ami. Rien d'autre ne compte.

Une telle éloquence était étrangère à Juanita et George se sentit tellement touché qu'il aurait voulu l'embrasser. Mais il savait que cela l'aurait embarrassée et il préféra lui dire qu'il avait faim. Il l'accompagna amicalement dans la cuisine pour regarder dans le panier à pain s'il pouvait trouver de quoi se faire une tartine avec beaucoup de beurre et de confiture d'abricots.

Comme d'habitude, le panier était plein de baguettes fraîches qui recouvraient les restes de pain sec des jours précédents.

– Juanita, dit-il sur un ton de reproche, ce n'est pas propre. Dans le fond, le vieux pain commence à moisir.

Et, pour prouver ses dires, il vida tout le panier par terre. Quand le dernier morceau fut sorti, suivi des feuilles de protection blanches que Juanita avait placées dans le fond du panier, une sorte de mince portefeuille bleu nuit tomba sur le sol.

Ils s'interrogèrent du regard, chacun d'eux s'imaginant que l'autre savait de quoi il s'agissait.

– Qu'est-ce que c'est ?

George ramassa le portefeuille et le retourna dans ses mains.

– C'est un passeport. Un passeport anglais.

– Mais à qui appartient-il ?

– A la *senõrita,* je crois.

L'idée était de ne pas commencer son récit par le début du voyage, mais au moment où *L'Éclipse* était entrée dans le port de Delos. Puis il reviendrait en arrière pour expliquer, par une série de flash-back, comment le voyage avait pris forme, comment il l'avait imaginé au départ. Le papier lui parut épais et doux au toucher, et sa machine à écrire ronronnait avec la régularité d'un moteur bien huilé. Selina était toujours en train de nager et Juanita, dans la lingerie, s'escrimait sur les draps de George à l'aide d'un pain de savon, tout en fredonnant quelque chanson d'amour. Aussi, quand on frappa à la porte, il n'entendit rien.

C'était un coup très discret et à peine audible à travers le martèlement de la machine à écrire. Un moment plus tard, la porte s'ouvrit et ce mouvement accrocha le regard de George qui releva les yeux, ses deux mains restant suspendues au-dessus des touches.

L'homme qui se tenait là était jeune, grand et fort

beau garçon. Il portait la tenue des hommes d'affaires, costume gris, col raide d'un blanc immaculé et cravate. Malgré cet accoutrement, il semblait fort à son aise et ne paraissait pas souffrir de la chaleur.

– Je suis navré de vous déranger, mais on n'a pas répondu quand j'ai frappé. Suis-je bien à la Casa Barco ?

– Oui, en effet.

– Alors, vous devez être George Dyer.

– C'est exact, répondit George en se levant.

– Mon nom est Rodney Ackland. (Il considérait à l'évidence que la conversation ne pouvait pas s'engager sans qu'aient été épuisés les rites de la bienséance.) Je suis enchanté de faire votre connaissance, ajouta-t-il en traversant la pièce pour serrer la main de George.

« Poignée de main ferme, songea George. Aimable, le regard droit et franc. Mais le genre de type à vous faire mourir d'ennui », ajouta-t-il, étonné lui-même de cette remarque plutôt désobligeante.

– Je crois que Selina Bruce est ici ? continua le visiteur.

– Oui, en effet. (Rodney regarda autour de lui.) Elle est en train de nager pour le moment.

– Je vois. Bien, dans ce cas, il vaut mieux que je vous fournisse quelques explications. Je suis l'avocat de Selina. (George ne fit pas de commentaire.) Et j'ai bien peur d'avoir été, indirectement, la cause de son voyage à San Antonio. C'est moi qui lui ai offert votre livre. Elle a vu votre photographie et elle s'est convaincue que vous deviez être son père. Elle m'en a parlé et m'a dit qu'elle voulait venir ici pour vous retrouver. Elle avait suggéré que je l'accompagne mais, malheureusement, j'ai dû me rendre à Bournemouth pour une affaire très importante. Quand je suis rentré à Londres, Selina était partie depuis trois jours. J'ai pris le premier vol pour San Antonio et... eh bien, je crois que je dois la ramener.

Ils s'observaient mutuellement.

– Évidemment, vous n'êtes pas son père, ajouta Rodney.

– Non. Son père est bien mort.

– Il y a toutefois une ressemblance assez singulière. Même moi, j'en suis frappé.

– Gerry Dawson était un cousin éloigné.

– Quelle coïncidence extraordinaire.

– Oui, fit George. Extraordinaire.

Pour la première fois, Rodney sembla perdre de son assurance.

– Monsieur Dyer, je n'ai aucune idée des circonstances de... de cette visite peu protocolaire de Selina, ou même de ce qu'elle a pu vous dire sur elle. Mais elle a toujours éprouvé un grand désir... une obsession, en fait, au sujet de son père. Elle a été élevée par sa grand-mère, et son enfance a été particulière... pour le moins.

– Elle m'en a parlé.

– Dans ce cas, vous connaissez les faits. Je suis sûr que nous sommes sur la même longueur d'onde.

– Je suppose que oui, répondit George en souriant. Par pure curiosité, quelle aurait été votre réaction si j'avais été le père de Selina ?

– Eh bien... (Rodney pataugeait, incapable de trouver les mots.) Eh bien, je... (Choisissant alors de recourir à la plaisanterie, il se mit à rire.) Je suppose que je vous aurais invité à une promenade sur le port et que je vous aurais fait ma demande.

– Votre demande ?

– Oui. Un peu tardivement, bien sûr, parce que nous sommes déjà fiancés. Nous nous marions le mois prochain.

– Plaît-il ! s'exclama George. Cette phrase était en elle-même une bonne illustration de son état d'esprit. Il n'avait pas utilisé cette expression désuète depuis des années, depuis l'époque où il vivait à Bradford et où son existence était ponctuée par les soirées mondaines et les bals. Et voilà que soudain des souvenirs et des mots qu'il croyait engloutis dans l'oubli resurgissaient brutalement de son inconscient.

– Nous sommes fiancés. Vous le savez certainement.

– Non, je ne le savais pas.

– Vous voulez dire que Selina ne vous en a pas parlé ? C'est une fille étonnante.

– Et pourquoi m'en aurait-elle parlé ? Cela ne me regarde pas qu'elle soit fiancée ou non !

– En effet, mais on peut penser que c'est assez important pour... enfin, que c'est une des premières choses qu'elle aurait dû dire. (« Espèce d'épouvantail vaniteux », songea George.) Mais c'est hors de propos. Maintenant que vous êtes au courant, vous comprendrez qu'il faut que je la ramène à Londres, et le plus vite possible.

– Bien sûr, acquiesça George.

Rodney passa devant lui et se dirigea vers la terrasse.

– Quelle vue splendide ! Vous m'avez dit que Selina était en train de nager ? Je ne la vois pas.

George le rejoignit.

– Non, elle... elle doit être de l'autre côté du bateau. Je vais aller la chercher... (Il songea d'abord qu'il ne pourrait pas le faire puisqu'elle avait pris le canot. Puis il dut convenir qu'il le pouvait : il suffisait d'emprunter la barque de Rafael, le cousin de Tomeu.) Écoutez... Attendez ici. Asseyez-vous et faites comme chez vous. Ce ne sera pas long.

– Vous ne voulez pas que je vous accompagne ? fit Rodney sans enthousiasme.

– Non, vraiment, répondit George. La barque est pleine de déchets de poissons. Vous allez tacher votre costume.

– Bien, dans ce cas...

Et, sous les yeux de George, Rodney installa au soleil l'un des fauteuils en osier. Il s'y assit fort gracieusement, offrant l'image même de l'Anglais parfaitement éduqué, à l'aise en toutes circonstances.

George tira la barque de Rafael le long du chemin de halage. Il s'essoufflait et jurait à chaque effort. L'embarcation était longue et lourde, difficile à manœuvrer. Elle ne possédait qu'une seule rame et George fut obligé d'avancer à la godille. Il progressait difficilement, ce qui le rendit furieux, car il savait que Rodney Ackland devait l'observer depuis la terrasse de la Casa Barco, avec son doux visage inexpressif et son impeccable costume gris anthracite. Ballotté par les vagues, grognant et transpirant, il parvint tant bien que mal à atteindre *L'Éclipse,* mais quand il appela Selina, il n'y eut pas de réponse.

Il manœuvra avec plus de difficultés encore la lourde embarcation autour du câble d'amarrage tendu à l'arrière de *L'Éclipse.* Soudain, il aperçut Selina perchée sur un rocher comme une sirène, de l'autre côté de la crique. Elle avait remonté les quelques marches qui menaient à l'une de ces villas nichées dans les pins, qui ressemblent furieusement à des pièces montées. Elle était assise, ses bras entourant ses genoux, et ses cheveux mouillés collaient à son cou comme la fourrure d'une loutre sortant de l'eau. George replaça la lourde rame dans la barque et, se redressant, il mit ses mains en porte-voix pour l'appeler.

– Selina ! (Ce n'était pas un appel mais une sorte de cri furieux et la jeune femme tourna la tête en sursautant.) Revenez ! Je veux vous parler !

Après une seconde d'hésitation, elle se leva, descendit les marches blanches et plongea pour le rejoindre. Les plats-bords étant trop hauts pour qu'elle les enjambe, George dut attraper Selina sous les aisselles pour l'aider à grimper dans la barque où elle glissa, dégoulinant comme un poisson fraîchement pêché. Ils s'assirent face à face, chacun sur un banc de la barque.

– Je suis navrée, dit-elle. Vous aviez besoin du canot ?

Il se surprit à penser que n'importe quelle autre femme aurait exigé, avant toute autre parole, des excuses pour son comportement de la nuit précédente. Mais Selina n'était pas n'importe quelle femme.

– J'espère que vous ne m'en voulez pas de l'avoir pris...

– Pas le moins du monde.

– Vous dormiez quand je suis descendue. J'ai dû ouvrir à Juanita. (Il la regardait parler sans écouter ce qu'elle disait, essayant de se résoudre à l'idée effrayante qu'elle allait épouser Rodney Ackland, qu'elle était fiancée et qu'elle ne lui en avait rien dit.) Et votre amie va bien ? Elle n'était pas trop en colère, j'espère ?

– Mon amie ? Oh, Frances. Je ne sais pas si elle est en colère ou pas. Elle est repartie à San Antonio la nuit dernière. De toute façon, ce n'était pas votre faute. Elle finira par se calmer et tout sera oublié.

– Je n'aurais pas dû revenir à la Casa Barco. Je m'en aperçois maintenant, mais...

Il ne pouvait plus supporter ce jeu cruel.

– Selina !

– Quelque chose ne va pas, dit-elle en fronçant les sourcils.

– Écoutez. Un homme vous attend à la Casa Barco. Il est venu pour vous ramener à Londres. Rodney Ackland.

Elle sembla se pétrifier. Ses lèvres bredouillèrent un « Rodney » presque imperceptible, mais aucun autre son n'en sortit.

– Il a quitté Londres la nuit dernière. Quand il est rentré de Bournemouth, il a constaté que vous étiez partie et il a pris le premier avion pour Barcelone. Je lui ai confirmé que je n'étais pas votre père et, à vrai dire, il ne m'a pas paru particulièrement surpris. Il veut vous parler.

Une brise fraîche se mit à souffler et Selina frissonna. Il regarda la fine chaîne en or qui disparaissait sous le soutien-gorge du petit bikini qu'il lui avait offert. Il savait maintenant que ce n'était pas une médaille de communion qui pendait au bout de la chaîne. Il tendit la main vers le cou de Selina et dégagea la chaîne d'un geste brusque. La bague de fiançailles en saphir et diamants de Rodney Ackland se balançait devant ses yeux, chacune de ses facettes jetant comme des flèches de lumière.

– Selina. Pourquoi ne m'avoir rien dit ?

Les yeux de la jeune femme semblaient alors presque aussi bleus que le saphir qu'il faisait miroiter devant elle.

– Je ne sais pas.

– Vous êtes fiancée à Rodney ? (Elle acquiesça.) Vous allez l'épouser le mois prochain ? (Elle hocha de nouveau la tête.) Mais pourquoi tout cela devait-il être tenu secret ?

– Ce n'est pas secret. J'ai parlé de vous à Rodney. Je lui ai dit que je pensais que George Dyer était mon père. Et je voulais qu'il m'accompagne pour vous retrouver. Mais il ne pouvait pas. Il avait une affaire à traiter à Bournemouth et il n'a pas imaginé un instant que je viendrais seule. Il disait que si vous étiez mon père, vous seriez ennuyé de me voir surgir, et que, si vous ne l'étiez pas, ce serait bien pire. Il n'avait pas l'air de comprendre combien c'était important pour moi. Avoir des racines et une famille. Appartenir vraiment à quelqu'un.

– Vous le connaissez depuis longtemps ?

– Depuis mon enfance. Son cabinet s'est toujours occupé des affaires de ma grand-mère. Elle l'aimait beaucoup et je sais qu'elle souhaitait que je l'épouse.

– Et c'est ce que vous allez faire ?

– Oui. En général, j'ai toujours fini par faire ce qu'elle voulait. (Les yeux sombres de George se voilèrent, exprimant une compassion qu'elle ne supporta pas.) Nous allons quitter Queen's Gate. Nous avons trouvé un appartement délicieux dans un immeuble moderne. Je voudrais que vous le voyiez. Il est très clair et la vue est merveilleuse. Agnès va emménager avec nous. J'ai même acheté ma robe de mariée. Elle est blanche et très longue. Avec une traîne.

– Mais vous dissimulez votre bague de fiançailles au lieu de la porter au doigt.

– Je croyais que vous étiez mon père. Pour cette première rencontre, je voulais que vous me voyiez telle que je suis, moi-même, indépendamment du reste, de Rodney, de mon style de vie.

– Êtes-vous amoureuse de lui ?

– Je vous ai posé la même question hier quand vous m'avez parlé de votre fiancée, et vous n'avez pas répondu.

– C'était différent. Nous parlions de mon passé et ceci est votre avenir.

– Oui, je sais. C'est ce qui donne toute son importance à votre question.

Il ne répliqua pas. Selina porta les mains à l'arrière de son cou pour défaire la chaîne en or. La bague glissa. Elle l'attrapa et la passa à son doigt, avant de remettre la chaîne. Chacun de ses gestes semblait contraint, résigné.

– Nous ne devrions pas faire attendre Rodney, dit-elle.

– Non, bien sûr. Rentrez avec le canot, je vous suivrai dans la merveilleuse embarcation de Rafael. Mais ne vous sauvez pas sans me dire au revoir.

– Je ne ferais jamais ça. Vous le savez.

Au bout d'un moment, Rodney commença à souffrir de la chaleur. Il aurait pu ôter sa veste, mais il portait des bretelles et il y avait quelque chose de presque indécent à rester assis en bretelles. Aussi, il quitta le fauteuil en osier pour se réfugier dans la fraîcheur de la maison. Il allait et venait, cherchant à trouver un ordre dans cette architecture peu conventionnelle quand Selina, qu'il n'avait ni vue ni entendue, émergea de la terrasse et l'appela.

Arrêté net dans ses réflexions, Rodney pivota sur ses talons. La jeune femme se tenait dans l'embrasure de la porte et il la contempla, incrédule. Il ne pouvait pas croire qu'une personne puisse ainsi changer en si peu de temps. Il l'avait toujours trouvée un peu fade, avec son teint pâle et ses cheveux d'un blond sans éclat, que seuls rehaussaient ses yeux bleus brillants, ses yeux de chat siamois. Mais maintenant, sa peau était bronzée et ses cheveux, encore humides de sa baignade, étaient décolorés par le soleil. Elle portait un bikini qui, aux yeux de Rodney, frisait le mauvais goût absolu et elle le regardait sans bouger, tandis que le gros chat blanc qui s'était prélassé au soleil de la terrasse entrait pour se frotter affectueusement autour de ses chevilles nues.

Une gêne étrange, pesante régnait dans la pièce.

– Bonjour Rodney, dit enfin Selina. Quelle surprise.

Elle avait essayé de donner de l'entrain à sa voix mais celle-ci était retombée tristement sur la dernière syllabe.

– En effet, fit Rodney, je suppose que tu ne m'attendais guère.

On aurait difficilement cru qu'il venait de faire un long voyage depuis Londres, qu'il était resté assis toute la nuit dans ses vêtements et qu'il avait marché depuis le centre du village jusqu'à la Casa Barco, dans la poussière d'une route caillouteuse. Ses chaussures étaient certes légèrement voilées d'une pellicule blanche, mais à part cela, il était aussi impeccable que s'il sortait de chez lui. Il s'avança pour embrasser Selina, posa ses mains sur les épaules de la jeune femme et s'écarta légèrement en relevant un sourcil désapprobateur. Il fixait le bikini des yeux.

– Quelle est cette tenue ?

Elle haussa les épaules.

– C'est tout ce que j'avais pour me baigner.

Une vieille sortie de bain en tissu éponge séchait sur la corde à linge. Selina alla la dépendre et l'enfila. Le tissu était rêche et sec à cause du sel et du soleil. Il avait aussi le parfum de George. Elle s'emmitoufla dedans et, d'une façon inexplicable, elle se sentit réconfortée. Elle retrouvait un peu de son courage.

– Ce n'était pas très chic de venir ici sans me prévenir, continua Rodney. J'aurais pu être fou d'inquiétude.

– Je savais que tu étais à Bournemouth.

– J'ai appelé chez toi dès que je suis rentré à Londres et Agnès m'a dit où tu étais. Je suis venu immédiatement, bien entendu, ajouta-t-il, par le premier vol.

– C'est très gentil à toi, Rodney.

– Es-tu contente de rentrer à Londres ?

– Je serais rentrée bien plus tôt, si mon argent n'avait pas été volé à l'aéroport. Je n'avais pas de quoi acheter mon billet de retour.

– Tu aurais sûrement pu m'avertir. J'aurais immédiatement fait transférer la somme.

– Je... je ne voulais pas te déranger. (Et elle ajouta dans un accès soudain de franchise :) Je craignais que tu ne me fasses des reproches et que tu ne me dises que tu m'avais bien prévenue. En effet, tu avais raison et j'avais tort. George Dyer n'était pas mon père... n'est pas mon père...

– Non, en effet. Je crois avoir compris cela.

– Mais tu comprends aussi qu'il fallait que je le fasse.

C'était une prière, elle en appelait à sa compassion, mais Rodney l'ignora.

– Je suis navré, mais je persiste à croire que tu aurais mieux fait de me laisser enquêter pour toi.

– Mais je t'ai demandé de venir avec moi. Je voulais que tu sois auprès de moi. Tu ne l'as pas voulu.

– Je ne le pouvais pas et tu le sais.

– Tu aurais pu repousser ton rendez-vous avec Mme Machin-chose.

– Selina !

Il était profondément choqué et il comprit alors, peut-être pour la première fois, que les changements qui s'étaient opérés en elle n'étaient pas seulement d'ordre physique. C'était quelque chose de plus profond, de plus subtil.

Elle prit une longue inspiration.

– De toute façon, dit-elle, je ne regrette rien. Je suis heureuse d'être venue, même si George n'est pas mon père. Et si c'était à refaire, je le referais.

C'était presque une déclaration de guerre, mais, avant que Rodney ait pu trouver une réplique, ils furent rejoints par George Dyer en personne. Il tenait Pearl au creux de son bras et il se glissa gaiement dans la conversation.

– Eh bien, n'est-ce pas épatant ? Vous vous êtes retrouvés. Que diriez-vous d'un verre pour nous rafraîchir ?

– Je ne préfère pas, je vous remercie, dit Rodney sèchement.

– Une cigarette, alors ?

– Non... pas maintenant. (Il s'éclaircit la gorge.) Je viens de dire à Selina que ce serait une bonne idée de retourner à Londres le plus vite possible. Mon taxi m'attend à l'hôtel *Cala Fuerte*. Nous pourrons aller directement à l'aéroport.

– Brillante organisation.

Rodney lui lança un regard rapide pour voir s'il se moquait de lui, mais les yeux noirs avaient une expression on ne peut plus grave, ce qui ne le rassura pas entièrement. Il se tourna vers Selina.

– Il faudrait faire ta valise. Où as-tu dormi ?

Il y eut un long silence. Rodney observait Selina. Celle-ci jeta un regard à George, avant d'affronter Rodney. George caressait Pearl avec nonchalance.

– Ici, dit Selina.

Rodney blêmissait à vue d'œil.

– Ici ?

– Oui. Ici. A la Casa Barco.

– Tu as dormi ici !

– Je n'avais pas d'autre solution...

Selina frissonna légèrement et George comprit son émotion. Rodney ne sembla pas l'avoir remarqué et poursuivit d'une voix glaciale.

– Tout cela est assez peu conventionnel, non ?

George déposa brutalement Pearl ur une chaise et se joignit à la conversation.

– Je ne le crois pas. Après tout, Selina est une de mes cousines.

– Oui, mais très éloignée. Et puis, la question n'est pas là.

– Et où est la question ?

– Eh bien, Selina s'est introduite ici, sans être invitée, sans s'annoncer, une totale étrangère pour vous... et vous l'hébergez !... dans cette maison... et, autant que je puisse en juger, vous avez dormi dans la même pièce. Je comprends tout à fait que vous ne vous souciez pas nécessairement de votre propre réputation, mais dans l'intérêt de Selina, vous auriez dû trouver un autre arrangement.

– Peut-être ne le souhaitions-nous pas, répliqua George.

Rodney perdait son sang-froid.

– Je suis navré, monsieur Dyer, mais il est clair que nous ne parlons pas le même langage. Je trouve votre attitude intolérable.

– J'en suis désolé.

– Avez-vous toujours le même mépris des règles élémentaires du savoir-vivre ?

– Oui, en effet. Ce ne sont pas mes règles.

Rodney joua une seconde avec l'idée de lui casser la figure, mais il décida que George était au-delà de tout mépris et qu'il valait mieux l'ignorer. Il se tourna vers Selina.

– Selina... (Elle se raidit.) Je suis navré pour tout cela, et je te fais la grâce de croire que tu n'es pas responsable de ce qui s'est passé. Je suis disposé à tout oublier, mais nous devons être sûrs qu'aucune rumeur concernant cette affaire n'atteindra jamais Londres.

Selina le regardait avec gravité. Le visage de son fiancé

était lisse, bien rasé, sans la moindre ride d'expression. Elle avait du mal à imaginer ce visage un jour marqué par l'âge, par l'expérience, ou simplement, par la vie. Rodney serait le même à quatre-vingts ans, tout aussi net et impersonnel qu'une chemise bien repassée.

– Pourquoi donc, Rodney ? demanda-t-elle.

– Je... Je ne voudrais pas que M. Arthurstone entende parler de cela.

C'était une réponse si ridicule qu'elle eut envie de rire. M. Arthurstone avec ses genoux arthritiques et qui allait la conduire à l'autel... Qu'est-ce que M. Arthurstone avait à voir dans cette affaire ?

– Et maintenant, dit Rodney en consultant sa montre, nous n'avons plus de temps à perdre. Va t'habiller et préparons-nous à partir.

George était en train d'allumer une cigarette lorsque Rodney avait prononcé cette phrase. Il secoua l'allumette, retira la cigarette de sa bouche et dit :

– Elle ne peut pas venir à Londres avec vous. Elle a perdu son passeport.

– Elle a... quoi ?

– Perdu son passeport. Ça s'est passé hier, si incroyable que cela paraisse.

– C'est vrai, Selina ?

– Oh, je... eh bien oui...

George vint à son secours.

– Bien sûr que c'est vrai. Mon cher monsieur Ackland, vous ne savez pas comment les choses se passent ici. Ils vous retireraient l'or de vos dents s'ils le pouvaient.

– Mais... ton passeport. Selina, sais-tu combien c'est sérieux ?

– Euh... Je...

Selina pataugeait.

– As-tu prévenu le consulat britannique ?

– Non, dit George, reprenant une fois de plus la parole, mais elle a prévenu la *Guardia civil* à l'aéroport. Ils ont été très compréhensifs.

– Je suis surpris qu'ils ne l'aient pas envoyée directement en prison.

– J'ai été assez surpris moi-même, mais c'est extraordinaire ce qu'on peut obtenir avec un joli sourire, même en Espagne.

– Mais alors, que devons-nous faire ?

– Eh bien, puisque vous me le demandez, je vous suggérerais de reprendre ce taxi et de rentrer à Londres. Vous laissez Selina ici avec moi... Si ! (Il arrêta les protestations furieuses de Rodney.) Je crois sincèrement que c'est la meilleure solution. Vous pourrez sans doute intervenir de votre côté et, à nous deux, nous devrions réussir à lui éviter la prison. Et ne vous en faites pas trop au sujet des conventions, mon cher. Après tout, je suis sans doute le plus proche parent de Selina et je suis tout à fait prêt à assumer mes responsabilités à son sujet...

– Responsabilités ? Vous ? (Il lança un dernier appel à Selina.) Tu ne veux certainement pas rester ici ?

Rodney était près d'exploser à cette idée.

– Eh bien...

Son hésitation suffit à le convaincre.

– Tu me stupéfies ! Ton égoïsme me stupéfie ! Tu n'as pas l'air de comprendre que ce n'est pas seulement de toi qu'il s'agit. J'ai aussi une certaine réputation à défendre, et je trouve ton attitude incroyable ! Qu'est-ce que va dire M. Arthurstone, j'en frémis.

– Je te fais confiance pour tout expliquer à M. Arthurstone, Rodney. Tu feras ça très bien, j'en suis sûre. Et je crois... puisque tu dois lui fournir une explication, que tu ferais aussi bien de lui dire qu'en définitive, il n'aura pas à me conduire à l'autel. Je suis vraiment navrée, sincèrement navrée, mais je suis persuadée que, d'une certaine façon, c'est un soulagement pour toi. Enfin... tu n'as sûrement plus envie de m'épouser... après tout ce qui s'est passé. Voilà... je te rends ta bague...

Elle tenait le bijou dans sa paume ouverte. Ces diamants étincelants et ce saphir d'un bleu profond qui, avait-il cru, l'attacheraient à lui pour toujours. Il mourait d'envie de faire un geste d'éclat, de prendre la bague et de la jeter par-dessus la terrasse, pour qu'elle disparaisse dans la mer. Mais elle lui avait coûté très cher. Il ravala sa fierté et l'empocha.

– Je suis désolée, Rodney.

La dignité commandait à Rodney de conserver un silence viril. Il tourna les talons et, sans un mot, se dirigea vers la porte. Mais George l'avait précédé et la tenait ouverte devant lui.

– Dommage que vous n'ayez pas pu profiter de votre séjour dans ce délicieux pays. Vous devriez revenir à Cala Fuerte plus tard dans l'année. Il y a tant d'activités. Je suis persuadé que vous apprécierez le ski nautique, la plongée et la pêche sous-marine. En tout cas, je vous remercie d'être venu.

– Croyez bien, monsieur Dyer, que ni moi-même ni

mes associés ne laisserons les choses se passer comme ça.

– J'en suis parfaitement convaincu. Je fais confiance à M. Arthurstone pour sortir quelque idée brillante de sa manche et, en temps utile, m'envoyer une lettre particulièrement cinglante. Vous êtes sûr que je ne peux pas vous emmener au village ?

– Merci. Je préfère marcher.

– Oh, bien, *chacun son goût* [1]. J'ai été ravi de faire votre connaissance. Au revoir.

Mais Rodney ne répondit pas, se contentant de sortir de la maison avec un air de fureur contenue. George vérifia qu'il prenait bien le chemin de la colline et referma la porte derrière lui.

Il se retourna. Selina se tenait au milieu de la pièce, à l'endroit où Rodney l'avait laissée. On aurait dit qu'elle s'attendait à une nouvelle scène. George se contenta de dire, sur un ton des plus neutres :

– Vous devriez vous faire examiner le cerveau. Penser que vous auriez pu épouser un homme comme celui-là. Vous auriez passé la moitié de votre temps à vous changer pour dîner et l'autre à chercher le sens de ses paroles dans le dictionnaire. Et qui est M. Arthurstone, au fait ?

– L'associé principal du cabinet pour lequel Rodney travaille. Il est très âgé et perclus de rhumatismes.

– Et c'est lui qui devait vous conduire à l'autel, le jour du mariage ?

– Il n'y avait personne d'autre.

C'était un aveu profondément triste.

1. En français dans le texte.

– Vous parlez de M. Arthurstone ou de Rodney ? demanda George.

– Des deux, je suppose.

– Peut-être, dit gentiment George, peut-être était-ce à cause de cette maudite obsession, au sujet de votre père ?

– Oui, peut-être.

– Et maintenant ?

– C'est terminé.

Elle frissonna de nouveau et il sourit.

– Vous savez, Selina, je n'aurais jamais cru qu'il était possible de connaître si bien une personne en un temps aussi ridiculement court. Par exemple, je sais quand vous mentez, ce qui est malheureusement assez fréquent. Vos yeux s'agrandissent alors tellement que vos prunelles bleues sont presque entièrement entourées de blanc. Comme des îles. Et quand vous essayez de ne pas rire à quelque remarque scandaleuse que j'ai faite, vous contractez les coins de votre bouche, ce qui fait apparaître une fossette tout à fait inattendue. Et quand vous êtes nerveuse, vous frissonnez. Vous êtes nerveuse, non ?

– Pas vraiment. J'ai froid à cause de la baignade.

– Eh bien, allez donc vite enfiler une robe.

– Mais je dois d'abord vous dire quelque chose...

– Cela peut attendre. Courez vous habiller.

Il sortit sur la terrasse pour l'attendre. Il alluma une cigarette. Le soleil chauffait ses épaules, au travers du tissu en coton de sa chemise. Rodney Ackland était parti, loin de la Casa Barco, loin de la vie de Selina. Tout comme Jenny était partie, son fantôme évanoui pour toujours, toute cette aventure malheureuse ayant été exorcisée par le seul fait d'en parler à Selina. Jenny et Rodney appartenaient tous deux au passé, et le présent lui semblait bel et bon, et le futur plein d'espoir et aussi plein de surprises agréables qu'un cadeau de Noël.

En dessous de lui, dans le jardin, Juanita était en train d'accrocher des chemises avec des pinces à linge. Elle continuait de chanter et paraissait heureuse, apparemment ignorante du drame qui s'était déroulé pendant qu'elle faisait la lessive du matin. Il ressentit pour elle un soudain élan d'affection. Personne ne savait mieux que lui-même que son chemin personnel vers l'enfer était pavé de bonnes intentions, mais il se promit toutefois de lui offrir autre chose qu'un exemplaire dédicacé de son prochain livre. Quelque chose qu'elle aimerait posséder et qu'elle ne serait jamais en mesure d'acquérir. Une robe en soie, un bijou, ou une nouvelle cuisinière à gaz.

Il entendit le bruit des pas de Selina et se retourna. Elle portait une robe en lin sans manches, couleur abricot et des sandales assorties à talons qui la rendaient presque aussi grande que lui. Il fut stupéfait de constater qu'il lui avait fallu si longtemps pour s'apercevoir qu'elle était belle.

– C'est la première fois que je vous vois correctement vêtue, dit-il. Je suis heureux que vous ayez retrouvé votre valise.

Selina prit une profonde inspiration.

– George, je dois vous parler, dit-elle.

– A quel sujet ?

– Mon passeport.

– Eh bien ?

– Eh bien, vous voyez, je ne l'ai pas perdu.

Il écarquilla les yeux et fronça les sourcils avec un air de parfaite surprise.

– Vous ne l'avez pas...

– Non. En fait... hier après-midi, avant de rejoindre Pepe... je l'ai caché.

– Selina ! (Il semblait profondément choqué.) Pourquoi avez-vous fait une chose aussi horrible ?

– Je sais que c'est affreux, mais je ne voulais pas partir. Je ne voulais pas vous laisser avec Mme Dongen. Je savais qu'elle ne voulait pas que vous écriviez ce deuxième livre. Elle voulait vous entraîner en Australie, dans le désert de Gobi, je ne sais où encore. Alors, je suis allée dans la cuisine pour me servir de l'eau gazeuse dans le réfrigérateur et, je... (Elle avala sa salive.) J'ai caché mon passeport au fond du panier à pain.

– Quelle idée extravagante.

– Oui, je sais. C'était de la folie et ce que j'essaie de dire, c'est qu'il n'y a plus de raison maintenant pour que je ne retourne pas à Londres avec Rodney. Je ne vais pas l'épouser, bien sûr. Je sais combien j'étais stupide de vouloir le faire. Mais je ne peux pas rester ici indéfiniment. (Sa voix commençait de se briser. George ne faisait rien pour l'aider.) Vous comprenez mon point de vue, n'est-ce pas ?

– Oui, bien sûr. (Il prit alors l'expression d'un homme parfaitement compréhensif.) Et nous devons faire notre devoir.

– Oui... oui. C'est aussi mon avis.

– Eh bien, dit-il brusquement en regardant sa montre, si vous voulez partir avec Rodney, je vous conseille de chausser vos patins à roulettes, sinon son taxi sera en route depuis longtemps quand vous arriverez à l'hôtel.

Et, devant le regard incrédule de la jeune femme, il se leva et fit mine d'enlever une poussière sur son jean. Une seconde après, il travaillait devant sa machine à écrire comme si sa vie en dépendait.

Ce n'était pas exactement la réaction que Selina attendait. Elle avait espéré qu'il essayerait de la retenir encore un peu, mais elle fut déçue. Une boule s'était formée dans sa gorge et elle cligna plusieurs fois des paupières, pour chasser ces larmes ridicules qui lui brûlaient les yeux. Quand elle fut dans la cuisine, elle sortit le panier à pain qu'elle vida, entassant les morceaux sur le bar, jusqu'à atteindre la feuille de papier sous laquelle elle avait glissé le passeport.

Il n'était pas là. Les larmes, la détresse, la surprise, tout se confondit en une vague de panique. Son passeport avait bel et bien disparu, cette fois.

– George ! (Il tapait si fort à la machine qu'il ne l'entendit pas.) George, j'ai... j'ai perdu mon passeport.

Il cessa de taper et releva un sourcil étonné.

– Encore ?

– Il n'est pas là ! Je l'avais caché tout au fond, et il a disparu !

– Mon Dieu ! fit George.

– Qu'est-ce qui a pu se passer ? (Sa voix se gonfla en un hurlement.) Peut-être que Juanita l'a trouvé. Ou bien l'a-t-elle jeté avec des restes de pain sec ! Et si quelqu'un l'avait volé ? Oh, Seigneur, que va-t-il m'arriver ?

– Je n'ose l'imaginer...
– Je n'aurais jamais dû le cacher là.
– Vous avez été prise à votre propre piège, dit George sans se démonter, avant de se remettre au travail.

Un soupçon gagna enfin Selina qui fronça les sourcils. George se comportait avec un calme tout à fait étrange. Et puis il y avait cette lueur dans ses yeux sombres, lueur dont elle avait appris à se méfier. Avait-il trouvé son passeport ? L'avait-il découvert et caché sans le lui dire ? Abandonnant le panier vide, elle fit le tour de la pièce, cherchant des indices avec désinvolture, relevant le coin d'un magazine, jetant un œil derrière un coussin, allant et venant comme s'il s'agissait d'un jeu de piste.

Elle finit par se placer derrière lui. Il portait son jean usé, blanchi par le sel et le soleil, et la poche arrière droite semblait contenir un objet plat et rectangulaire, comme un portefeuille ou un petit livre... George continuait de taper à toute allure mais, lorsque Selina approcha la main de sa poche, il se retourna pour l'arrêter.

Elle n'avait plus peur. Elle se mit à rire de soulagement, de bonheur et d'amour. Elle passa ses bras autour du cou de George, l'étreignant si fort qu'il en perdit presque le souffle.

– C'est vous qui l'avez ! Vous l'avez trouvé ! Et vous m'avez fait marcher pendant tout ce temps, espèce de monstre !
– Vous voulez que je vous le rende ?
– Non, sauf si vous voulez que je rentre à Londres avec Rodney.
– Je ne le veux pas, dit George.

Elle l'embrassa et elle laissa glisser sa joue, sa joue

douce et satinée, contre celle de George. Elle frissonna au contact de cette peau cuivrée, légèrement râpeuse, burinée par le soleil, le vent, la mer.

– Moi non plus, je ne veux pas.

Selina posa son menton sur la tête de George pour lire la page qu'il venait d'écrire.

– Qu'écrivez... Qu'écris-tu ?

– Un synopsis.

– Pour le nouveau livre ? Il porte sur quoi ?

– Mon voyage en mer Égée.

– Quel en sera le titre ?

– Je n'en ai pas la moindre idée, mais il te sera dédié.

– Et ce sera un bon livre ?

– J'espère. Mais en fait, j'ai déjà l'idée d'un troisième ouvrage. Un roman cette fois-ci, ajouta-t-il en prenant la main de Selina. (Il la fit pivoter jusqu'à ce qu'elle s'asseye sur le coin du bureau, face à lui.) L'histoire d'un type qui vit dans un petit endroit paisible, qui ne fait de mal à personne, qui ne s'occupe que de ses affaires et qui voit un jour surgir une drôle de fille. Elle ne le laisse pas en paix, éloigne ses amis, dépense tout son argent et le pousse à boire. Il devient une épave, un paria.

– Que se passe-t-il à la fin ?

– Il l'épouse, bien sûr. Elle l'y oblige. Il n'y a pas d'échappatoire. C'est tragique.

– Cela ne me paraît pas tragique.

– Eh bien, cela devrait.

– George, es-tu, par hasard, en train de me demander de t'épouser ?

– En effet, à ma manière tordue, c'est bien ce que je

viens de faire. Je suis désolé pour la nuit dernière. Et je t'aime.

– Je sais que tu m'aimes. (Elle se pencha pour l'embrasser sur la bouche.) Et j'en suis heureuse, follement heureuse.

Elle l'embrassa de nouveau et, repoussant sa machine à écrire, il se leva pour l'enlacer.

– Il faut que nous prévenions Agnès, remarqua Selina, bien plus tard.

– Elle ne va pas débarquer ici et essayer de tout chambouler ?

– Bien sûr que non. Elle t'aimera, tu sais.

– Il faut lui adresser un câble de San Antonio, dès cet après-midi, si nous voulons la joindre avant que Rodney Ackland ne le fasse. Et, pendant que nous serons en ville, nous irons présenter nos respects au pasteur anglais pour savoir quand il peut nous marier. Et... Rudolfo sera mon témoin...

– Je voudrais que Juanita soit le mien...

Juanita. Ils avaient oublié Juanita. Alors, main dans la main, le sourire aux lèvres, ils sortirent sur la terrasse pour aller la chercher et lui annoncer la nouvelle. Ils n'eurent pas besoin de le faire. Juanita n'était pas aussi simple qu'elle en avait parfois l'air, et son bon sens paysan l'abandonnait rarement. Elle était déjà en chemin, remontant du jardin plus droite que jamais, un immense sourire éclairant son visage, ses deux bras tendus comme pour les serrer contre elle.

Aubin Imprimeur
LIGUGÉ, POITIERS

Cet ouvrage est imprimé
sur du papier sans bois et sans acide

Achevé d'imprimer en octobre 1997
pour le compte de France Loisirs
123, bd de Grenelle, 75015 Paris

N° d'édition 29163 / N° d'impression L 54921
Dépôt légal, novembre 1997
Imprimé en France